罗立刚◎编注

玉楼明月长相忆·婉约词

人民文学出版社

图书在版编目(CIP)数据

玉楼明月长相忆：婉约词/罗立刚编注.
—2版.—北京：人民文学出版社，2016
（恋上古诗词：版画插图版）
ISBN 978-7-02-012166-3

Ⅰ.①玉… Ⅱ.①罗… Ⅲ.①婉约派-词（文学）-鉴赏-中国-古代 Ⅳ.①I207.23

中国版本图书馆 CIP 数据核字（2016）第 268684 号

责任编辑：葛云波
特约策划：尚　飞
装帧设计：高静芳

出版发行　**人民文学出版社**
社　　址　**北京市朝内大街 166 号**
邮政编码　**100705**
网　　址　**http://www.rw-cn.com**

印　　刷　山东德州新华印务有限责任公司
经　　销　全国新华书店等

开　　本　**890 毫米×1240 毫米　1/32**
印　　张　**12.25**
插　　页　**2**
字　　数　**210 千字**
版　　次　**2010 年 4 月北京第 1 版　2017 年 1 月北京第 2 版**
印　　次　**2017 年 1 月第 1 次印刷**

书　　号　**978-7-02-012166-3**
定　　价　**39.00 元**

如有印装质量问题，请与本社图书销售中心调换。电话:010-65233595

前　言

　　词肇始于唐,大盛于两宋,衰于元明,中兴于清,延而至于现当代,不绝如缕。词学研究,也自宋后,总体呈不断繁盛之势。伴随着词学繁荣,反映各种词学思想与主张的选本也不断出现,且越来越丰富,用"汗牛充栋"一词形容,绝不过分。

　　就目力所及,今人多喜断代选词,标"唐宋"者多,识"明清"者少,贯通历朝历代之选偶或一见,以词体美学特征分类者更少。业师培均先生曾应出版社之约,与邓乔彬先生奋力为之,分别成《婉约词萃》、《豪放词萃》,产生积极影响。本人今因其轨辙,再作省减,成此二册。

　　当然,唐宋时期为词兴起与繁荣之时,名家杰作甚众,入选者便多;元明词衰,所选便少,虽或有头重之嫌,却正是尊重词史之意。

　　古人玩词,今人赏词,最终总离不了审美品鉴。历代名词佳作,备受前人关注,品鉴文字实多,今人面对诸多风格迥异的名篇,欲求其精髓,以这类品鉴文字指点迷津,可谓捷径。编选者花相当精力搜集并筛选前人代表性品鉴文字,择其精而不求其全,附列诸词之后,用意正在于此。

自明人分词为婉约、豪放二体以清理词史，延续至今，遂成共识。至于二体区别，词学专家已辨析毫芒，一般读者也自有主张，不必在此赘言。本次整理，便依从传统二分的方法，成《豪放词》《婉约词》二书，相互比对，希望可以给读者一个更加鲜明的印象。当然，这种就体分词的方法，绝非完美，一些闲雅韶秀之作，便难归入，某些作品竟不得不割爱。这是编者的尴尬。

目录

4

5

李白 (701—762)字太白,自号青莲居士。其先世陇西成纪(今甘肃秦安附近)人,后移居绵州昌明(今四川江油)。二十五岁时离蜀,开始长期漫游生活。曾入长安为供奉翰林,因权贵谗毁弃官离去。安史乱起,永王李璘辟为幕僚,永王兵败后受累长流夜郎(今贵州东部一带),中途遇赦东还。病殁于当涂(今安徽马鞍山市)。能诗,风格豪迈奔放,飘逸自然,素有"诗仙"之誉。

菩萨蛮

　　平林漠漠①烟如织,寒山一带伤心碧。暝色入高楼,有人楼上愁。　　玉阶空伫立②,宿鸟归飞急。何处是归程,长亭更短亭③。

注释

① 漠漠:雾霭弥漫的样子。

② 伫立:久久地站立。

③ 长亭更短亭:古时官道边修筑供人歇息的亭子。五里一亭称短亭,十里一亭称长亭。

辑评

　　宋江少虞《事实类苑》卷三十八:此词不知何人写在鼎州沧

菩萨蛮（平林漠漠烟如织）

水驿楼,复不知何人所撰。魏道辅泰见而爱之,后至长沙,得古集于子宣内翰家,乃知李白所撰。

宋黄昇《花庵词选》卷一:(《菩萨蛮》、《忆秦娥》)二词为百代词曲之祖。

明卓人月、徐士俊《古今词统》卷五:词林以此为鼻祖,其古致遥情,自然压卷。

清陈廷焯《白雨斋词话》卷五:太白《菩萨蛮》、《忆秦娥》两阕,神在个中,音流弦外,可以是为词中鼻祖。

又:寻词之祖,断自太白可也,不必高语六朝。

又《词坛丛话》:有唐一代,太白、子同,千古纲领。乐天、梦得,声调渐开。

清黄苏《蓼园词评》:人首二句,意兴苍凉壮阔。第三、第四句,说到"楼"、到"人",又自静细孤寂,真化工之笔。第二阕"栏干"字跟上"楼"字来,"伫立"字跟上"愁"字来,末联始点出"归"字来,是题目归宿。所以"愁"者此也,所以"寒山"伤心者亦此也。更觉前阕凌空结撰,意兴高远。至结句仍含蓄不说尽,雄浑无匹。

俞陛云《唐五代两宋词选释》:以词格论,苍茫高浑,一气回旋。

白居易　(772—846)字乐天,晚号香山居士。其先太原(今属山西)人,后迁居下邽(今陕西渭南东北)。唐贞元进士,授秘书省校书郎,历官左拾遗、左赞善大夫、杭州及苏州刺史、刑部尚书等。诗文与元稹齐名,世称"元白"。有《白氏长庆集》。

忆江南①

江南好,风景旧曾谙②。日出江花红胜火,春来江水绿如蓝③。能不忆江南?

注释

① 忆江南:原名《望江南》(见《教坊记》及敦煌曲子词),又有《梦江南》、《谢秋娘》、《望江梅》等异名。

② 谙(ān):熟习,熟悉。

③ 蓝:一年生草本植物,古人揉其叶取汁,以作染料。

辑评

明陆时雍《唐诗镜》卷四十三:不减隋人所为。

明沈际飞《草堂诗余别集》卷一:较宋词自然有身分,不知其故。

明卓人月、徐士俊《古今词统》:非生长江南,此景未许梦见。

清陈廷焯《词坛丛话》：有唐一代，太白、子同，千古纲领。乐天、梦得，声调渐开。

长相思

　　汴水流，泗水流①，流到瓜洲古渡头②，吴山点点愁③。　　思悠悠，恨悠悠，恨到归时方始休，月明人倚楼。

注释

① 汴水：源于河南旧郑县，唐时经开封、归德北境，东流至旧徐州，合泗水入淮河，与运河相通。泗水：源出山东泗水县，四源并发，故名。

② 瓜洲古渡头：位于今江苏扬州南。泗水汇入淮河入运河，经此入长江。

③ 吴山：泛指江南古吴地的山。

辑评

　　宋黄昇《花庵词选》卷一：此词上四句皆谈钱塘景。

　　清黄苏《蓼园词评》：太白开山后，及至元和又见此二阕，不易得也。

俞陛云《唐五代两宋词选释》：此词若晴空冰柱，通体虚明，不着迹象，而含情无际。第四句用一"愁"字，而前三句皆化愁痕。

刘禹锡　(772—842)字梦得,其先洛阳(今属河南)人,安史乱起,举家避居嘉兴(今属浙江)。唐贞元间擢进士第,登博学宏辞科。参与王叔文"永贞革新",失败被贬。历官监察御史、朗州司马、连州刺史等,晚为太子宾客分司东都。有《刘梦得文集》。

忆江南

和乐天春词,依《忆江南》曲拍为句①

春去也,多谢洛城人。弱柳从风疑举袂②,丛兰裛露似沾巾③,独坐亦含嚬④。

注释

① 乐天:白居易。此词作于唐文宗开成三年(838),白居易为太子少傅分司东都,刘禹锡为太子宾客亦分司东都,两人均在洛阳。

② 袂(mèi):衣袖。

③ 裛(yì)露:沾上露水。裛,通"浥",沾湿。

④ 含嚬:谓忧愁不语。嚬,同"颦",皱眉。

辑评

宋陆时雍《唐诗镜》卷三十六:仿佛隋音。

清陈廷焯《词坛丛话》：有唐一代，太白、子同，千古纲领。乐天、梦得，声调渐开。

《御选历代诗余》卷一百二十引《古今词话》：刘宾客词也，一时传唱，乃名为《春去也》曲。

清况周颐《蕙风词话》卷二：流丽之笔，下开北宋子野（张先）、少游（秦观）一派。唯其出自唐音，故能流而不靡，所谓"风流高格调"，其在斯乎？

皇甫松 （生卒年不详）一字嵩，字子奇，号檀栾子。睦州新安(今浙江淳安)人。唐代古文家皇甫湜之子。工诗善词。存词二十二首，见《花间集》。

梦江南

兰烬落①，屏上暗红蕉。闲梦江南梅熟日，夜船吹笛雨潇潇，人语驿边桥。

注释

① 兰烬：烛之余烬，因状似兰心，故称。

辑评

明汤显祖评本《花间集》卷一：好景多在闲时，风雨萧萧何害？

明卓人月、徐士俊《古今词统》：末二句是中晚唐警语。

清陈廷焯《白雨斋词话》卷一：皇甫子奇《梦江南》、《竹枝》诸篇，合者可寄飞卿庑下，亦不能为之亚也。

又《白雨斋词评》：梦境化境，词虽盛于宋，实唐人开其先路。

王国维《人间词话·附录》：情味深长，在乐天、梦得上。

温庭筠 (812?—866?)本名岐,字飞卿,太原祁(今山西祁县)人。少负才名,因得罪权臣,屡举不第。唐宣宗大中初年(约 848 前后),始中进士,授方城尉,历隋县尉、国子监助教,官终不显。诗与李商隐齐名,时称"温李"。词与韦庄并称,人号"温韦"。名列《花间集》第一,后世称为"花间鼻祖"。其人"能逐弦吹之音,为侧艳之词"。有《温飞卿集》九卷,近代王国维辑有《金荃词》,得词七十首。

菩萨蛮

　　小山重叠金明灭①,鬓云欲度香腮雪②。懒起画蛾眉,弄妆梳洗迟。　　照花前后镜,花面交相映。新贴绣罗襦,双双金鹧鸪③。

注释

① 小山:即室内屏山,多在枕旁,亦称枕屏、枕障,用来遮掩睡态。重叠:指屏山曲折。金明灭:形容屏山上金光闪烁不定。

② 鬓云:鬓发如云朵。度:遮过。香腮雪:脸颊莹白如雪。

③ 襦(rú):短袄。金鹧鸪:金线绣成的鹧鸪鸟形图案。

辑评

　　清张惠言《词选》卷一:此感士不遇也。篇法仿佛《长门赋》,

而用节节逆叙。

清陈廷焯《白雨斋词话》卷一：所谓沉郁者，意在笔先，神余言外……如"懒起画娥眉，弄妆梳洗迟"，无限伤心，溢于言表。

王国维《人间词话》："画屏金鹧鸪"，飞卿语也。其词品似之。

唐圭璋《唐宋词简释》：上文之所以懒画眉、迟梳洗者，皆因有此一段怨情蕴蓄于中也。

刘永济《唐五代两宋词简析》：全首对人物之态度、动作、衣饰、器物作客观之描写，而所写之人之心情乃自然呈现；此种心情，又因梦见离人而起者，虽词中不曾明言，而离愁别恨已萦绕笔底，分明可见，读之动人。此庭筠表达艺术之高也。

菩萨蛮

水精帘里颇黎枕[1]，暖香惹梦鸳鸯锦[2]。江上柳如烟，雁飞残月天。　　藕丝秋色浅，人胜参差剪[3]。双鬓隔香红，玉钗头上风[4]。

注释

[1] 水精：即水晶。颇黎：即玻璃、琉璃。

[2] 鸳鸯锦：绣有鸳鸯的锦被。

③ 人胜:女子头上人形的饰物。梁宗懔《荆楚岁时记》:"人日
（正月初七），剪彩为人，或镂金箔为人，以贴屏风，亦戴之头
鬓；又造花胜以相遗。"参差:形容人胜的造形精巧错杂。

④ "玉钗"句:形容美人头上钗饰随步颤动而摇曳生姿。

辑评

清孙麟趾《词径》:"江上柳如烟，雁飞残月天"……皆以浑厚
见长者也。词至浑，功候十分矣。

清陈廷焯《白雨斋词话》卷七:"江上柳如烟，雁飞残月天"，
飞卿佳句也。好在是梦中情况，便觉绵邈无际，若空写两句景
物，意味便减。悟此方许为词。

菩萨蛮

玉楼明月长相忆①，柳丝袅娜春无力。门外草萋
萋②，送君闻马嘶。　　画罗金翡翠，香烛销成泪。
花落子规啼③，绿窗残梦迷。

注释

① 玉楼:妆楼的美称。

② 萋萋:形容草之茂盛。《楚辞·招隐士》:"王孙游兮不归,春草生兮萋萋。"

③ 子规:即杜鹃,旧时以其鸣声凄厉,似"不如归去",易触动离愁和归思而常以喻凄婉之音。

辑评

清陈廷焯《白雨斋词话》卷一:飞卿词全祖《离骚》,所以独绝千古。《菩萨蛮》、《更漏子》诸阕,已臻绝诣,后来无能为继。

又:"花落子规啼,绿窗残梦迷"……皆含深意。此种词,第自写性情,不必求胜人,已成绝响。后人刻意争奇,愈趋愈下,安得一二豪杰之士与之挽回风气哉!

又《词则·大雅集》卷一:低回欲绝。

唐圭璋《唐宋词简释》:窗外残春景象,不堪视听;窗内残梦迷离,尤难排遣。通体景真情真,浑厚流转。

菩萨蛮

南园满地堆轻絮,愁闻一霎清明雨。雨后却斜阳,杏花零落香。　　无言匀睡脸①,枕上屏山掩②。时节欲黄昏,无憀③独掩门。

注释

① 匀睡脸：谓睡眠方醒，用脂粉涂搽面部，消除睡痕。均，谓均匀地涂搽。

② 枕上屏山：即枕边屏风，一称"枕障"，古人用以遮掩睡态。

③ 无憀(liáo)：无聊。

辑评

明沈际飞《草堂诗余正集》卷一：隽逸之致，追步太白。

清陈廷焯《白雨斋词话》卷一：飞卿《菩萨蛮》十四章，全是变化楚骚，古今之极轨也。徒赏其芊丽，误矣。

王国维《人间词话·附录》："雨后却斜阳，杏花零落香"，少游之"雨余芳草斜阳，杏花零落燕泥香"，虽自此脱胎，而实有出蓝之妙。

更漏子

玉炉香①，红蜡泪，偏照画堂秋思。眉翠薄，鬓云残，夜长衾枕寒。　　梧桐树，三更雨，不道离情正苦②。一叶叶，一声声，空阶滴到明。

注释

① 玉炉:香炉的美称。

② 不道:犹不管,不顾。

辑评

宋胡仔《苕溪渔隐丛话后集》卷十七:庭筠工于造语,极为绮靡,《花间集》可见矣。《更漏子》一词尤佳。

明杨慎《评点草堂诗余》卷一:飞卿此词亦佳,总不若张子野"深院锁黄昏,阵阵芭蕉雨"更妙。

清谭献《谭评词辨》卷一:(下阕)似直下语,正从"夜长"逗出,亦书家"无垂不缩"之法。

清陈廷焯《白雨斋词话》卷一:飞卿词全祖《离骚》,所以独绝千古。《菩萨蛮》、《更漏子》诸阕,已臻绝诣,后来无能为继。

又:飞卿《更漏子》三章,自是绝唱,而后人独赏其末章"梧桐树"数语,……不知"梧桐树"数语,用笔较快,而意味无上二章之厚。

清谢章铤《赌棋山庄词话》卷八:语弥淡情弥苦,非奇丽为佳者矣。

俞平伯《唐宋词选释》上卷:后半首写得很直,而一夜无眠却终未说破,依然含蓄。

梦江南

梳洗罢，独倚望江楼。过尽千帆皆不是，斜晖脉脉水悠悠。肠断白蘋洲①。

注释

① 白蘋洲：此泛指江中长有白蘋的小块陆地。

辑评

明沈际飞《草堂诗余别集》卷一：痴迷摇荡，惊悸惑溺，尽此二十余字。

清谭献《谭评词辨》卷一：犹是盛唐人绝句。

李冰若《栩庄漫记》："过尽"二语，既极怊怅之情，"肠断白蘋洲"一语点实，便无余韵。惜哉，惜哉！

韦庄　(836—910)字端己,京兆杜陵(今陕西西安)人,韦应物四世孙。于长安应举时,正值黄巢攻破长安,饱受兵燹之苦。后流寓长江中下游地区。昭宗乾宁元年(894)五十九岁始中进士,授校书郎。六十六岁入蜀,节度使王建辟为掌书记。王建称帝,以功拜相。能词,与温庭筠齐名,世称"温韦"。有《浣花词》辑本,存词五十五首。

菩萨蛮

　　红楼别夜堪惆怅①,香灯半卷流苏帐②。残月出门时,美人和泪辞。　　琵琶金翠羽,弦上黄莺语。劝我早归家,绿窗人似花。

注释

① 红楼:富家女所居之楼,白居易《秦中吟》中有"红楼富家女"句。依词意,当是"家"外相知女子居处。

② 流苏:五彩羽毛或丝线制成的穗状饰物,多用来装饰床帐。

辑评

　　明汤显祖评《花间集》卷一:词本《菩萨蛮》,而语近《江南弄》、《梦江南》等,亦作者之变风也。

　　周珽《删补唐诗选脉笺释会通评林》卷六十:此首大饶奇想。

清许昂霄《词综偶评》：语意自然，无刻画之痕。

清张惠言《词选》卷一：此词盖留蜀后寄意之作。

清陈廷焯《词则·大雅集》卷一：深情苦调，意婉词直，屈子《九章》之遗。词至端己，语渐疏，情意却深厚，虽不及飞卿之沉郁，亦古今绝构也。

又《云韶集》卷一：情词凄婉，柳耆卿之祖。婉约。

清谭献《谭评词辨》卷一：亦填词中《古诗十九首》，即以读《十九首》心眼读之。强颜作愉快语，怕断肠，肠亦断矣。项庄舞剑，怨而不怒之义。

王国维《人间词话》："弦上黄莺语"，端己语也，其词品亦似之。

菩萨蛮

人人尽说江南好，游人只合江南老。春水碧于天，画船听雨眠。　　垆边人似月，皓腕凝霜雪①。未老莫还乡，还乡须断肠。

注释

① "垆边"二句：化用卓文君故事。《史记·司马相如列传》谓文

菩萨蛮（人人尽说江南好）

君新寡,从司马相如私奔,司马相如在成都"买一酒舍酤酒,而令文君当垆"。垆,垒土为台,中置酒瓮。凝霜雪,《西京杂记》卷二谓文君"肌肤柔滑如脂",此处借喻蜀中美女手腕莹白如霜雪。

辑评

清许昂霄《词综偶评》:或云江南好处如斯而已耶?然此景此情,生长雍、冀者,实未曾梦见也。

清谭献《谭评词辨》卷一:强颜作愉快语,怕断肠,肠亦断矣。

清张惠言《词选》卷一:此章述蜀人劝留之辞,即下章云"满楼红袖招"也。

清陈廷焯《词则·大雅集》卷一:韦蜀为江南,是其良心不没处。端己人品未为高,然其情亦可哀矣!

又《云韶集》卷一:一幅春江图画。意中是思乡,笔下却说江南风景好,真是泪溢中肠,无人省得。结言风尘辛苦,不到暮年,不得回乡,预知他日还乡必断肠也。

菩萨蛮

如今却忆江南乐,当时年少春衫薄①。骑马倚斜桥，满楼红袖招②。　　翠屏金屈曲③，醉入花丛宿④。此度见花枝，白头誓不归。

注释

① 春衫薄：形容春衫单薄。

② 红袖：指代妓女。

③ 金屈曲：即屈戌，也叫屈戌。元陶宗仪《辍耕录》"屈三戌"条云："今人家窗户设铰具，或铁或铜，名曰环纽……北方谓之屈戌，其称甚古。"此指屏风折叠之处的铰链。

④ 花丛：代指妓院。

辑评

清张惠言《词选》卷一：上云"未老莫还乡"，犹冀老而还乡也。其后朱温篡成，中原愈乱，遂决劝进（指劝王建称帝）之志。故曰"如今却忆江南乐"。又曰"白头誓不归"，则此词之作，其在相蜀时乎？

清谭献《谭评词辨》卷一："如今却忆江南乐"，是半面语，后半阕意不尽而语尽，"却忆"、"此度"四字，度人金针。

清陈廷焯《词则·大雅集》卷一：（"此度见花枝，白头誓不归"）决绝语，正是凄楚语。

李冰若《栩庄漫记》：端己此二首自是佳词，其妙处如芙蓉出水，自然秀艳。

菩萨蛮

洛阳城里春光好，洛阳才子他乡老①。柳暗魏王堤②，此时心转迷。　　桃花春水渌③，水上鸳鸯浴。凝恨对斜晖，忆君君不知。

注释

① 洛阳才子：西汉贾谊，人称洛阳才子。此是作者自指。唐僖宗中和二年(882)之后，韦庄离开长安，曾两度至洛，作《秦妇吟》，赢得"《秦妇吟》秀才"美誉。

② 魏王堤：在洛阳南。唐时洛水流过洛阳皇城端门，向南溢而为池。此池贞观中太宗赐与魏王李泰，因称魏王池。有堤与洛水相隔，称魏王堤，堤上多植柳，为当时游览胜地。

③ 渌：水色清澈。

辑评

清张惠言《词选》卷一：此章致思唐之意。

清陈廷焯《白雨斋词话》卷一：韦端己《菩萨蛮》四章惓惓故国之思，而意婉词直，一变飞卿面目，然消息正自相通。

又《词则·大雅集》卷一：中有难言之隐。

李冰若《栩庄漫记》：此首以词意按之，似是客洛阳时作，与前诸首无可联系处，亦无从推断为入蜀暮年之词也。

丁寿田《唐五代四大名家词》乙篇：结尾二语，怨而不怒，无限低回，可谓语重心长矣。

思帝乡

　　春日游，杏花吹满头。陌上谁家年少，足风流。妾拟将身嫁与，一生休。纵被无情弃，不能羞①。

注释

① 不能羞：不甚羞，不感到羞愧。

辑评

　　明卓人月、徐士俊《古今词统》卷三：("妾拟"句)死心塌地。

　　沈雄《古今词话·词品》下卷：词有写情景入神者……亦有言情得妙者，韦庄云："妾似将身嫁与，一生休。纵被无情弃，不能羞。"

　　贺裳《皱水轩词筌》：小词以含蓄为佳，亦有作决绝语而妙者。如韦庄"谁家年少，足风流。妾拟将身嫁与，一生休。纵被无情弃，不能羞"之类是也。

　　李冰若《栩庄漫记》：爽隽如读北朝乐府"阿婆不嫁女，那得孙儿抱"诸作。

牛希济 (872?—?)其先安定鹑觚(今甘肃灵台)人,后为狄道(今甘肃临洮)人,词人牛峤之侄。唐末动乱,流寓蜀中。仕前蜀王建为起居郎。后主王衍时,累官翰林学士、御史中丞。后唐灭蜀,拜雍州节度副使。能诗文,尤工词。《花间集》收词十一首。

生查子

春山烟欲收,天淡稀星小。残月脸边明,别泪临清晓。　　语已多,情未了,回首犹重道①。记得绿罗裙,处处怜芳草②。

注释

① "语已多"二句:词调常体应为一个五字句,这里增一"已"字,将五言句化为两个三言短句,为《生查子》变体。

② "记得"二句:语本南朝陈江总妻《赋庭草》诗:"雨过草芊芊,连云锁南陌。门前君试看,是妾罗裙色。"

辑评

李冰若《栩庄漫记》:"记得绿罗裙,处处怜芳草",词旨悱恻温厚,而造句近乎自然,岂飞卿(温庭筠)辈所可企及。"语已多,情未了,回首犹重道",将人人共有之情,和盘托出,是为善于言情。

鹿虔扆 （生卒年不详）后蜀后主孟昶时，曾任永泰军节度使，进检校太尉，加太保。蜀亡不仕，词多感慨之音。《花间集》收词六首。

临江仙

金锁重门荒苑静，绮窗愁对秋空。翠华一去寂无踪①。玉楼歌吹，声断已随风。　　烟月不知人事改，夜阑还照深宫。藕花相向野塘中。暗伤亡国，清露泣香红。

注释
① 翠华：古时皇帝仪仗队所用饰有翠鸟羽毛的旗子。

辑评
元倪瓒：鹿公高节，偶尔寄情倚声，而曲折尽变，有无限感慨淋漓处。（《词林纪事》卷二引）

明杨慎：故宫禾黍之思，令人黯然。此词比李后主《浪淘沙》词更胜。（《花间集评注》引）

明李廷机《新刻注释草堂诗余评林》：周美成《西河》词云："燕子不知何世，入寻常巷陌人家。如说兴亡，斜阳里。"亦就是

"烟月不知人事改"一段变化出来。

明沈际飞《草堂诗余正集》卷二：结引藕花泣露，伤感复伤感。

清许昂霄《词综偶评》：曰"不知"，曰"暗伤"，无情有恨，各极其妙。

清谭献《谭评词辨》卷二：哀悼感愤，终当存疑，当以入正集。

李冰若《栩庄漫记》：太白诗"只今惟有西江月，曾照吴王宫里人"，已开鹿词先路。此阕之妙，妙在以暗伤亡国托之藕花，无知之物，尚且泣露啼红，与上句"烟月"、"还照深宫"相衬，而愈觉其悲惋。其全词布置之密，感喟之深，实出后主"晚凉天净"一词之上，知音当不河汉斯言。

冯延巳 (903—960)又名延嗣,字正中,广陵(今江苏扬州)人。曾任南唐宰相,深得中主李璟宠信。善为歌词,每当朋僚燕集,"多运藻思为乐府新词,俾歌者倚丝竹而歌之,所以娱宾而遣兴也"(见陈世修《阳春集序》)。有《阳春集》。

鹊踏枝

　　谁道闲情抛掷久①? 每到春来,惆怅还依旧。 日日花前常病酒②,不辞镜里朱颜瘦。　　河畔青芜堤上柳③,为问新愁,何事年年有? 独立小桥风满袖,平林新月人归后④。

注释

① 闲情:即闲愁,情愁。
② 病酒:饮酒过量引起身体不适。
③ 青芜:丛生的青草。
④ 平林:平原上的树林。

辑评

　　清陈廷焯《白雨斋词话》卷一:"谁道闲情抛弃久,每到春来,惆怅还依旧。日日花前常病酒,不辞镜里朱颜瘦",始终不渝其志,亦可谓自信而不疑,果毅而有守矣。

又卷六:可谓沉着痛快之极,然却是从沉郁顿挫来。浅人何足知之。

清王鹏运《半塘丁稿·鹜翁集》云:冯正中《鹊踏枝》十四首,郁伊惝恍,义兼比兴。

梁启超《饮冰室评词》乙卷:稼轩《摸鱼儿》起处从此夺胎,文前有文,如黄河伏流,莫穷其源。

鹊踏枝

几日行云何处去①?忘却归来,不道春将暮。百草千花寒食路②,香车系在谁家树?　泪眼倚楼频独语,双燕来时,陌上相逢否?撩乱春愁如柳絮,依依梦里无寻处。

注释

① 行云:飘浮不定之云。此处喻指行踪不定、冶游不归的男子。

② 百草千花:喻指妓女。

28

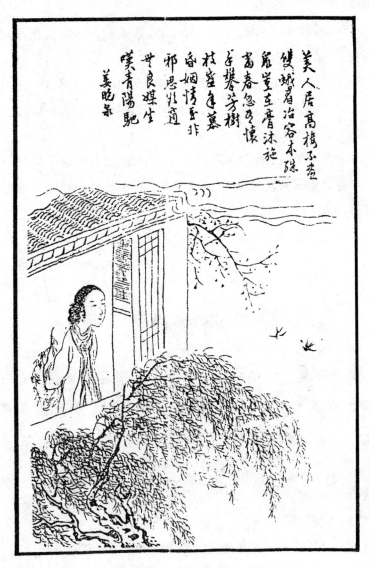

美人居高楼不堪
双蛾着冶容不殊
能堂主唇沐施
当春忽乃怀
手攀芳树
枝窭连墓
邪思北商
昏姻情重非
世良媒尘
叹青阳驰
姜晚采

鹊踏枝（几日行云何处去）

辑评

清谭献《谭评词辨》卷一：行云、百草千花、香车、双燕，必有所托。"依依梦里无寻处"，呼应。

清张惠言《词选》卷一：忠爱缠绵，宛然《骚》、《辨》之义。延已为人，专蔽嫉妒，又敢为大言，此词盖以排间异己者，其君之所以信而弗疑也。

清陈廷焯《白雨斋词话》卷一：正中《蝶恋花》，情词悱恻，可群可怨，"泪眼倚楼频独语，双燕来时，陌上相逢否？"忠厚恻怛，蔼然动人。

谒金门

风乍起，吹绉①一池春水。闲引鸳鸯香径里，手挼红杏蕊②。　　斗鸭阑干独倚③，碧玉搔头斜坠④。终日望君君不至，举头闻鹊喜⑤。

注释

① 绉：古同"皱"。

② 挼(ruó)：揉搓。这里描述因心中苦闷用手搓花的神态。

③ 斗鸭阑干：古人有以栏杆圈鸭相斗为戏之习，是为斗鸭阑干。或指刻有斗鸭图案的栏杆，亦可通。

谒金门（风乍起）

④ 碧玉搔头：即玉簪。

⑤ 闻鹊喜：古人有灵鹊报喜之说，以闻鹊声为喜兆。

辑评

马令《南唐书》卷二一云：元宗（李璟）乐府词云"小楼吹彻玉笙寒"，延巳有"风乍起，吹绉一池春水"之句，皆为警策。元宗尝戏延巳曰："吹绉一池春水，干卿何事？"延巳曰："未若陛下'小楼吹彻玉笙寒'。"元宗悦。

明沈际飞《草堂诗余正集》卷一：闻鹊报喜，须知喜中还有疑在，无非望幸希宠之心，而语自清隽。

清贺裳《皱水轩词筌》："无凭谙鹊语，犹得暂心宽"，韩偓语也。冯延巳去偓不多时，用其语曰："终日望君君不至，举头闻鹊喜。"虽窃其意，而语加蕴藉。

清王闿运《湘绮楼评词》：言情之始，故其来无端。

俞陛云《唐五代两宋词选释》："风乍起"二句，破空而来，在有意无意间。如絮浮水，似沾非著，宜后主盛加称赏。此在南唐全盛时作。"喜闻鹊报"及"为君起舞"句，殆有束带弹冠之庆，及效忠尽瘁之思也。

南乡子

细雨湿流光，芳草年年与恨长。烟锁凤楼无限

南乡子（细雨湿流光）

事①，茫茫。鸾镜鸳衾两断肠②。　　魂梦任悠扬，
睡起杨花满绣床。薄倖不来门半掩③，斜阳。负你残
春泪几行。

注释

① 凤楼：即凤台，秦楼。语本《列仙传》秦穆公女弄玉所居之楼，
　　尝引来凤凰。此处指妆楼。
② 鸾镜：妆镜的别称。
③ 薄倖：指薄情男子。

辑评

　　王国维《人间词话》：人知和靖《点绛唇》、圣俞《苏幕遮》、永
叔《少年游》三阕为咏春草绝调，不知先有正中"细雨湿流光"五
字，皆能摄春草之魂者也。

　　刘永济《唐五代两宋词简析》：末句则无可奈何之词，写得幽
怨动人，与和凝、欧阳炯辈之纯作艳情词不同，不可并论。

　　又：此亦托闺情以自抒己怨望之情。观"烟锁"句，所谓"无
限事"，所谓"茫茫"。言外必有具体事在，特未明言耳……"杨花
满绣床"，是一片迷离景象，与"悠扬"之"魂梦"正相合，亦即前半
"茫茫"二字之意，总之皆写心情之纷纭复杂也。

　　陈秋帆《阳春集笺》：按"细雨湿流光"，昔人多激赏之，周方
泉、王荆公均极赞其妙。余谓冯此语实本温庭筠《荷叶杯》"细雨
湿愁红"、皇甫松《怨回纥》"江路湿红蕉"而来。

李璟 (916—961)字伯玉,徐州(今属江苏)人,南唐烈祖李昇长子,嗣位后因受到后周威胁,削去帝号,改称国主,史称南唐中主,庙号元宗。周亡于宋,南唐遂纳贡以求苟安。李璟多才艺,好读书,时时作为歌诗,皆出入风骚。宋人合其词与后主词为《南唐二主词》,存其词四首。

摊破浣溪沙

手卷真珠上玉钩①,依前春恨锁重楼。风里落花谁是主? 思悠悠。 青鸟不传云外信②,丁香空结雨中愁③。回首绿波三峡暮④,接天流。

注释

① 真珠:即珍珠,此指珍珠帘。
② 青鸟:借指信使。柏传西王母有三青鸟,曾使一青鸟送信到汉武帝殿中,然后由两青鸟护送前来。事载《汉武故事》。
③ "丁香"句:丁香花蕾丛聚如结,古人常以喻郁结之愁情。唐李商隐《代赠二首》其一:"芭蕉不展丁香结,同向春风各自愁。"
④ 三峡:在四川奉节至湖北宜昌长江上,有巫峡、瞿塘峡、西陵峡,水急航险。今筑三峡大坝,故址已不复存在。

摊破浣溪沙（手卷真珠上玉钩）

辑评

宋胡仔《苕溪渔隐丛话》前集卷五十九引《漫叟诗话》：李璟有曲"手卷真珠上玉钩"，或改为"珠帘"……非所谓知音。

清黄苏《蓼园词评》：清和婉转，词旨秀颖。然以帝王为之，则非治世之音矣。

唐圭璋《唐宋词简释》：此首直抒胸臆，清俊宛转。其中情景融成一片……一首一气蝉联，刀挥不断，而清空舒卷，跌宕昭彰，洵可称词中神品。

摊破浣溪沙

菡萏香销翠叶残①，西风愁起绿波间。还与韶光共憔悴②，不堪看。　　细雨梦回鸡塞远③，小楼吹彻玉笙寒。多少泪珠何限恨，倚阑干。

注释

① 菡萏(hàn dàn)：荷花的别称。

② 韶光：美好的时光。

③ 鸡塞：即鸡鹿塞，亦称鸡禄山。在今内蒙古自治区杭锦后旗西北。此处泛指边塞。

辑评

明李廷机《草堂诗余评林》：字字佳，含秋思极妙。

明董其昌《评注便读草堂诗余》卷三：布景生思，因思得句，可人处不在多言。

清许昂霄《词综偶评》："细雨"二句合看，乃愈见其妙。

清陈廷焯《词则·大雅集》卷一：凄然欲绝。后主虽工于怨词，总逊此哀婉沉至。

又《白雨斋词话》卷一：沉之至，郁之至，凄然欲绝。后主虽善言情，卒不能出其右也。

清黄苏《蓼园词评》："细雨"、"梦回"二句，意兴清幽，自系名句。结末"倚栏干"三字，亦有说不尽之意。后主（中主）词自多佳制，第意兴凄凉惨憷，实为亡国之音，故少选之。

清王闿运《湘绮楼评词》：选声配色，恰是词语。

王国维《人间词话》：南唐中主"菡萏香销翠叶残，西风愁起绿波间"，大有众芳芜秽，美人迟暮之感。乃古今独赏其"细雨梦回鸡塞远，小楼吹彻玉笙寒"，故知解人正不易得。

吴梅《词学通论》：此词之佳，在于沉郁。夫"菡萏香销"、"愁起西风"，与"韶光"无涉也。而在伤心人见之，则夏景繁盛亦易摧残，与春光同在此憔悴耳。故一则曰"不堪看"，一则曰"何限恨"，其顿挫空灵处，全在情景融洽，不事雕琢，凄然欲绝。至"细雨"、"小楼"二语，为"西风愁起"之点染语，炼词虽工，非一篇中之至胜处。而世人竟觉此二语，亦可谓不善读者矣。

俞陛云《唐五代两宋词选释》：今就词境论，"小楼"句因极绮思清愁，而冯之"风乍起，吹绉一池春水"，托思空灵，胜于中主。冯语殆媚兹一人耶。

李煜　(937—978)初名从嘉,字重光,号钟隐、莲峰居士,南唐中主李璟第六子,南唐交泰四年(961)嗣位,史称后主。宋开宝八年(975)降宋,封违命侯,改封陇西郡公。其无治国之才,却"精究六经,旁综百氏","洞晓音律,精别雅郑",且工书善画。其词前期多写宫廷生活之乐,后期多抒亡国之痛。今存词三十余首,宋人辑入《南唐二主词》。

菩萨蛮[①]

　　花明月暗笼轻雾,今宵好向郎边去。刬袜步香阶[②],手提金缕鞋。　　画堂南畔见,一向偎人颤。奴为出来难,教君恣意怜。

注释

① 此词写与小周后幽会。马令《南唐书·女宪传》:"后主继室周氏,昭惠(大周后)之母弟也,警敏有才思,神采端静。昭惠感疾,后常出入卧内……自昭惠殂,常在禁中,后主乐府词有'衩袜步香阶,手提金缕鞋'之类,多传于外,至纳后乃成礼而已。"
② 刬(chǎn)袜:只穿袜子不穿鞋。刬,光着。

辑评

　　明茅暎《词的》卷一:竟不是作词,恍如对话矣。如此等《词的》中亦不多得。

明潘游龙：结语极俚，极真。（《南唐二主词汇笺》引）

明卓人月、徐士俊《古今词统》卷五："花明月暗"一语，珠声玉价。

清王士禛《花草蒙拾》：牛给事"须作一生拚，尽君今日欢"，狎昵已甚。南唐"奴为出来难，教君恣意怜"，本此。

清陈廷焯《词则·闲情集》卷一：荒淫语，十分沉至。

玉楼春

晚妆初了明肌雪，春殿嫔娥鱼贯列①。笙箫吹断水云开，重按《霓裳》歌遍彻②。　　临风谁更飘香屑？醉拍阑干情味切。归时休放烛花红，待踏马蹄清夜月。

注释

① 鱼贯：如鱼群游动一样前后相续，形容嫔娥队列整齐。
② 《霓裳》：即《霓裳羽衣曲》，唐代著名舞曲。遍，古音乐术语，大曲中每一叠，称一遍。王国维《唐宋大曲考》称大曲有排遍、衮遍、正遍、延遍等。其中入破最后一遍称"彻"。

41

明沈际飞：此驾幸之词，不同于宫人自叙。"莫教踏碎琼瑶"、"待踏清月夜"，总是爱月，可谓生瑜生亮。（《南唐二主词汇笺》引）

明王世贞《艺苑卮言》：（"归时"二句）致语也。

清谭献《复堂词话》：豪宕。

捣练子令[①]

深院静，小庭空。断续寒砧断续风[②]。无奈夜长人不寐，数声和月到帘栊[③]。

注释

① 捣练：古代妇女制衣前先捣捶生丝织成的绢，使之柔软。

② 寒砧：指捣练时所用石砧。此指秋风中的捣绢声。

③ 帘栊：挂着帘子的门窗。栊，窗上棂木。

辑评

俞陛云《南唐二主词辑述评》：通首赋捣练，而独夜怀人情味，摇漾于寒砧断续之中，可谓极此题能事。

捣练子令（深院静）

唐圭璋《唐宋词简释》:"无奈"二字,曲笔径转,贯下十二字,四层含意:夜既长,人又不寐,而砧声月影,复并赴目前。此境凄迷,此情难堪矣。

清平乐①

别来春半,触目愁肠断。砌下落梅如雪乱,拂了一身还满。　　雁来音信无凭②,路遥归梦难成。离恨恰如春草,更行更远还生。

注释

① 此首传为忆念其弟李从善入宋不归而作。欧阳修《新五代史》卷六十二《南唐世家》:"开宝四年,煜遣其弟韩王从善朝京师,遂留不遣。煜手疏求从善还国。太祖皇帝不许。煜尝怏怏以国蹙为忧,日与群臣酣宴,愁思悲歌不已。"

② "雁来"句:古人以为鸿雁可以传书。春分后鸿雁北归,故云"雁来"。

辑评

明卓人月、徐士俊《古今词统》卷五:末二句从杜诗"江草唤愁生"句来。

清陈廷焯《词则·大雅集》卷一:永叔(欧阳修)"离愁渐远渐无穷"二语,从此脱胎。

俞陛云《唐五代两宋词选释》:《六一词》之"行人更在青山外",东坡诗之"但见乌帽出复没",皆言极目征人,直至天尽处。与此词"春草"句,俱善状离情之深挚者。

唐圭璋《唐宋词简释》:此首即景生情,妙在无一字一句之雕琢,纯是自然流露,丰神秀绝。

破阵子

四十年来家国,三千里地山河①。凤阁龙楼连霄汉,玉树琼枝作烟萝②。几曾识干戈?　　一旦归为臣虏,沈腰潘鬓销磨③。最是仓皇辞庙日④,教坊犹奏别离歌⑤。垂泪对宫娥。

注释

① "四十年"二句:南唐自公元937年建国,至公元975年被宋所灭,计38年,此举其成数。据马令《南唐书·建国谱》载,南唐最盛时,"共三十五州之地,号为大国"。

② "凤阁"二句:形容豪华奢侈的宫廷生活。烟萝,烟聚萝缠,形
　容草木茂密繁盛。

③ 沈腰潘鬓:《梁书·沈约传》载,沈约病后与徐勉书:"百日数
　旬,革带常应移孔。以手握臂,率计月小半分。"后世因以沈
　腰代指人不断消瘦。潘鬓,指头发斑白。晋潘岳《秋兴赋》:
　"余春秋三十有二,始见二毛。"后世遂以潘鬓代指发白衰老。

④ 辞庙:辞别宗庙,被俘的婉称。

⑤ 教坊:唐宋时期宫中管理宫廷音乐的机构,亦附有乐队。

辑评

　　宋苏轼《东坡志林》卷七《跋李主词》:后主既为樊若水所卖,
举国与人,故当痛哭于九庙之外,谢其民而行,顾乃挥泪宫娥,听
教坊离曲!

　　清毛先舒《南唐拾遗记》:至若挥泪听歌,特词人偶然语,且
据煜词,则挥泪本为哭庙,而离歌乃伶人见煜辞庙而自奏耳。

乌夜啼①

　　林花谢了春红,太匆匆。无奈朝来寒雨、晚来
风。　　胭脂泪②,留人醉,几时重?自是人生长

恨、水长东。

注释

① 词牌又名"相见欢"。

② 胭脂泪:由花上雨水联想到宫中美人的泪水。

辑评

　　清陈廷焯《词则·大雅集》卷一:后主词凄惋出飞卿之右,而骚意不及。

　　清谭献《谭评词辨》卷二:前半阕濡染大笔。

　　唐圭璋《唐宋词简释》:以水之必然长东,喻人之必然长恨,语最深刻。"自是"二字,尤能揭出人生苦闷之义蕴。此与"此外不堪行"、"肠断更无疑"诸语,皆以重笔收束,沉哀入骨。

乌夜啼

　　无言独上西楼,月如钩。寂寞梧桐深院、锁清秋。　　剪不断,理还乱,是离愁①。别是一般滋味、在心头。

乌夜啼（无言独上西楼）

注释

① "剪不断"三句：以乱丝喻离愁。

辑评

宋黄昇《花庵词选》卷一：此词最凄惋，所谓亡国之音哀以思。

明卓人月、徐士俊《古今词统》卷三：七情所至，浅尝者说破，深尝者说不破，"别是"句甚深。

清陈廷焯《词则·大雅集》卷一：哀感顽艳，妙只说不出。

清王闿运《湘绮楼评词》：词之妙境，亦别是一般滋味。

俞平伯《论诗词曲杂著》：自来盛传其"剪不断，理还乱"以下四句，其实首句"无言独上西楼"六字之中，已摄尽凄惋之神矣。

虞美人①

春花秋月何时了，往事知多少。小楼昨夜又东风，故国不堪回首月明中②。　　雕栏玉砌应犹在③，只是朱颜改。问君能有几多愁？恰似一江春水向东流。

虞美人（春花秋月何时了）

注释

① 本篇作于宋太宗太平兴国三年(978)。陆游《避暑漫钞》云：
"李煜归朝后，郁郁不乐，见于词语，在赐第七夕，命故妓作
乐，声闻于外，太宗怒。又传'小楼昨夜又东风'及'一江春水
向东流'之句，并坐之，遂被祸。"

② 故国：此指南唐。

③ 雕栏玉砌：此指南唐首都金陵华丽的宫殿。玉砌，白玉似的
台阶。

辑评

宋罗大经《鹤林玉露》卷七：有以水喻愁者，李颀曰："请量东
海水，看取浅深愁。"李后主云："问君能有几多愁？恰似一江春
水向东流。"……贺方回云："试问闲愁都几许？一川烟草，满城
风絮，梅子黄时雨。"盖以三者比愁之多也，尤为新奇，兼兴中有
比，意味深长。

清谭献《复堂词话》：终当以神品目之。后主之词，足当太白
诗篇，高奇无匹。

清陈廷焯《词则·别调集》卷一：哀猿一声。

清王闿运《湘绮楼词评》：常语耳，以初见故佳，再学便滥矣。

又："朱颜"本是"山河"，因归宋不敢言耳。若直说"山河
改"，反又浅也。

浪淘沙^①

　　帘外雨潺潺^②，春意阑珊^③。罗衾不耐五更寒。梦里不知身是客，一晌贪欢^④。　　独自莫凭栏，无限江山。别时容易见时难^⑤。　流水落花春去也，天上人间。

注释

① 此词作于宋太宗太平兴国三年(978)临终前不久。《乐府纪闻》云："后主归宋后与故人书云：'此中日夕只以眼泪洗面。'每怀故国，词调愈工。其赋《浪淘沙》有云(略)。七夕，在赐第作乐。太宗闻之，怒。更得其词，故有赐牵机药之事。"文中所说牵机药，为一种毒药，服后头手抽搐而死。

② 潺(chán)潺：细雨声。

③ 阑珊：衰残。

④ 一晌：片刻。

⑤ "别时"句：化用三国魏曹丕《燕歌行》"别日何易会日难，山川悠悠路漫漫"诗意。

辑评

　　宋蔡絛《西清诗话》：含思凄惋。

　　明李攀龙《草堂诗余隽》卷二：结云"春去也"，悲悼万状，为之泪不收久许。

清谭献《谭评词辨》：雄奇幽怨，乃兼二难，后起稼轩，稍伧父矣。

清陈锐《裛碧斋词话》：李后主词"帘外雨潺潺"，寻常白话耳。金元人词亦说白话，能有此缠绵否？

清陈廷焯《词则·大雅集》卷一：结得怨悱，尤妙在神不外散，而有流动之致。

清王闿运《湘绮楼评词》：高妙超脱，一往情深。

钱惟演 (962—1034)字希圣,临安(今浙江杭州)人。吴越王钱俶之子,随父归附宋朝,为右屯卫将军。咸平三年召试,改文职,累迁翰林学士、枢密使。后出知河阳,一度入朝任同中书门下平章事。博学能文辞,与杨亿、刘筠等唱和,有《西昆酬唱集》。著有《典懿集》。存词二首。

木兰花

城上风光莺语乱,城下烟波春拍岸。绿杨芳草几时休?泪眼愁肠先已断。 情怀渐变成衰晚,鸾镜朱颜惊暗换①。昔年多病厌芳尊②,今日芳尊惟恐浅。

注释

① 鸾镜:妆镜。《艺文类聚》引范泰《鸾鸟诗序》云:昔罽宾王获一鸾鸟,三年不鸣,后悬镜映之,中宵一奋而绝。后世因以鸾镜为妆镜美称。

② 芳尊:酒杯的美称。代指美酒,醇酒。

辑评

宋黄昇《花庵词选》:此公暮年之作,词极凄惋。

明李攀龙《草堂诗余隽》:妙处俱在末结语传神。

明杨慎《词品》：不如宋子京"为君持酒劝斜阳，且向花间留晚照"更委婉。

明沈际飞《草堂诗余正集》：芳尊恐浅，正断肠处，情尤真笃。

林逋 (967—1028)字君复,钱塘(今浙江杭州)人。曾漫游江淮,后隐居西湖孤山,以植梅养鹤为乐,终身不仕不娶,二十年足迹不到城市。卒谥和靖先生。有《和靖集》。存词三首。

长相思

吴山青,越山青①。两岸青山相对迎,谁知离别情? 君泪盈,妾泪盈。罗带同心结未成,江边潮已平。

注释

① 吴山:在浙江杭州钱塘江北岸,春秋时为吴国南界。越山:指浙江绍兴以北、钱塘江南岸的山,春秋时这一带属越国,故称。

辑评

清彭孙遹《金粟词话》:林处士梅妻鹤子,可称千古高风矣。乃其惜别词,如"吴山青,越山青"一阕,何等风致,闲情一赋,讵必玉瑕珠颣耶?

范仲淹 (989—1052)字希文,其先邠(今属陕西)人,后徙苏州吴县(今属江苏)。大中祥符八年(1015)进士。官至枢密副使、参知政事。曾守陕西边疆多年,西夏不敢犯。著有《范文正公文集》。有辑本《范文正公诗余》。

苏幕遮

碧云天,黄叶地,秋色连波,波上寒烟翠。山映斜阳天接水,芳草无情,更在斜阳外。 黯乡魂①,追旅思②,夜夜除非,好梦留人睡。明月楼高休独倚。 酒入愁肠,化作相思泪。

注释

① 黯乡魂:黯然销魂的思乡之情。

② 追旅思:缠绕不休的逆旅情怀。

辑评

清彭孙遹《金粟词话》:范希文《苏幕遮》一调,前段多入丽语。后段纯写柔情,遂成绝唱。

清黄苏《蓼园词评》:文正一生并非怀土之士,所为乡魂旅思以及愁肠思泪等语,似沾沾作儿女想,何也? 观前阕可以想其寄托。开首四句,不过借秋色苍茫以隐抒其忧国之意。"山映斜阳"三句,隐隐见世道不甚清明,而小人更为得意之象。芳草喻小人,唐人已多用之也。第二阕因心之忧愁,不自聊赖,始动其乡魂旅思。而梦不安枕,酒皆化泪矣,其实忧愁非为思家也。

清沈祥龙《论词随笔》:词之妙,在透过,在翻转,在折进……"山映斜阳天接水,芳草无情,更在斜阳外",折进也。三者不外用意深,而用笔曲。

清李佳《左庵词话》卷上:希文,宋一代名臣,词笔婉丽乃尔。比之宋广平赋梅花,才人何所不可。不似世之头巾气重,无与风雅也。

清王闿运《湘绮楼评词》:"外"字,嘲者以为江西腔,今江西人"支"、"佳"却分。且范是吴人……正是宋朝京话耳。

柳永 (？—1053？)字耆卿。初名三变。崇安(今属福建)人。为举子时,多游狎邪,仕途甚不得志,只做过屯田员外郎一类小官,世称柳屯田。精晓音律,长于慢词。教坊乐工每有新谱,多求他填词,必能流行。当时曾出现"凡有井水饮处,即能歌柳词"(《避暑录话》)之盛况。有《乐章集》,存词近二百首。

雨霖铃

寒蝉凄切,对长亭晚,骤雨初歇①。都门帐饮无绪②,留恋处,兰舟催发③。执手相看泪眼,竟无语凝噎④。念去去、千里烟波,暮霭沉沉楚天阔⑤。

多情自古伤离别,更那堪、冷落清秋节!今宵酒醒何处? 杨柳岸、晓风残月。此去经年⑥,应是良辰好景虚设。便纵有千种风情⑦,更与何人说?

注释

① 骤雨:突然而至的雨。

② 都门:京城,这里指汴京。帐饮:在郊外设帐饯行。

③ 兰舟:木兰舟,舟船的美称。

④ 凝噎(yè):喉咙哽咽,有语难言。

⑤ 楚天:泛指江南一带。古人以中原为中心,因楚国在南方,故

雨霖铃（寒蝉凄切）

称南方的天空为楚天。

⑥ 经年:年复一年。

⑦ 风情:男女之间相爱的情意。

辑评

　　宋俞文豹《吹剑续录》:东坡在玉堂,有幕士善讴,因问:"我词比柳词何如?"对曰:"柳郎中词,只好十七八女郎,执红牙拍板,唱'杨柳岸、晓风残月'。学士词,须关西大汉,执铁板唱'大江东去'。"(《说郛》卷二十四引)

　　明李攀龙《草堂诗余隽》:"千里烟波",惜别之情已骋。"千种风情",相期之愿已赊。真所谓善传神者。

　　清贺裳《皱水轩词筌》:("今宵酒醒"三句)自是古今俊句。或讥为梢公登溷诗,此轻薄儿语,不足听也。

　　清沈谦《填词杂说》:词不在大小浅深,贵于移情。"晓风残月"、"大江东去",体制虽殊,读之皆若身历其境,惝恍迷离,不能自主,文之至也。

　　清黄苏《蓼园词评》:送别词,清和朗畅,语不求奇,而意致绵密,自尔稳惬。

　　清刘熙载《艺概》卷四:词有点有染。柳耆卿《雨霖铃》云:"多情自古伤离别,更那堪冷落清秋节。今宵酒醒何处?杨柳岸晓风残月。"上二句点出离别冷落,"今宵"二句乃就上二句点染之。点染之间,不得有他语相隔,隔则警句亦成死灰矣。

　　清钱裴仲《雨华盦词话》:柳七词中,美景良辰、风流怜惜等字,十调九见。即如《雨霖铃》一阕,只"今宵酒醒"二句脍炙人口，实亦无甚好处。张（先）、柳齐名，秦、黄并誉，冤哉！

蔡嵩云《柯亭词论》：《雨霖铃》调，在《乐章集》中尚非绝诣，特以"杨柳岸，晓风残月"句得名耳。

凤栖梧

伫倚危楼风细细①，望极春愁②，黯黯生天际。草色烟光残照里，无言谁会凭栏意。　　拟把疏狂图一醉③，对酒当歌，强乐还无味。衣带渐宽终不悔，为伊消得人憔悴。

注释

① 伫倚：久立。危楼：高楼。

② 望极：极目眺望。

③ 疏狂：放浪狂荡。

辑评

清贺赏《皱水轩词筌》：柳耆卿"衣带渐宽终不悔，为伊消得人憔悴"，亦即韦（庄）意，而气加婉矣。

俞陛云《唐五代两宋词选释》：长守尾生抱柱之信，拚减沈郎腰带之围,真情至语。

王国维《人间词话》:古今之成大事业、大学问者,必经过三种之境界。……"衣带渐宽终不悔,为伊消得人憔悴",此第二境也。

又《人间词话·删稿》:词家多以景寓情。其专作情语而绝妙者,如……欧阳修(按:当为柳永。《人间词话》误)之"衣带渐宽终不悔,为伊消得人憔悴",美成之"许多烦恼,只为当时,一晌留情",此等词,求之古今人词中,曾不多见。

定风波

自春来,惨绿愁红,芳心是事可可①。日上花梢,莺穿柳带,犹压香衾卧。暖酥消、腻云亸②。终日厌厌倦梳裹。无那③。恨薄情一去,音书无个。

早知恁么。悔当初、不把雕鞍锁。向鸡窗④,只与蛮笺象管⑤,拘束教吟课。镇相随,莫抛躲。针线闲拈伴伊坐。和我。免使年少,光阴虚过。

注释

① 是事可可:对任何事情都漠不关心。是事,犹事事,凡事。可可:漫不经心。

② "暖酥"二句:暖酥,指温润酥嫩的肌肤。腻云,此指柔腻浓密的头发。斜(duǒ),下垂。

③ 无那:无奈。

④ 鸡窗:书斋的代称。据《幽明录》载,晋兖州刺史宋处宗,得一长鸣鸡,遂笼于窗前。不意此鸡竟能人语,与处宗谈论,颇有见识,处宗因而成为善言者。

⑤ 蛮笺:指当时四川益州等地出的好纸。象管:象牙作笔管的毛笔。

辑评

张舜民《画墁录》:柳三变既以词忤仁庙,吏部不放改官。三变不能堪,诣政府。晏公曰:"贤俊作曲子么?"三变曰:"只如相公亦作曲子。"公曰:"殊虽作曲子,不曾道'彩线慵拈伴伊坐'。"柳遂退。

夜半乐

冻云黯淡天气①,扁舟一叶,乘兴离江渚。渡万壑千岩②,越溪深处③。怒涛渐息,樵风乍起④,更闻商旅相呼,片帆高举。泛画鹢、翩翩过南浦⑤。

望中酒旆闪闪⑥，一簇烟村，数行霜树。残日下、渔人鸣榔归去。败荷零落，衰柳掩映，岸边两两三三、浣纱游女。避行客、含羞笑相语。　　到此因念，绣阁轻抛，浪萍难驻。叹后约、丁宁何据！惨离怀、空恨岁晚归期阻，凝泪眼、杳杳神京路⑦，断鸿声远长天暮。

注释

① 冻云：下雪前凝聚的阴云。

② 万壑千岩：指众多秀美的山川。

③ 越溪：即若耶溪，在今浙江绍兴会稽山下。

④ 樵风：典出《后汉书·郑弘传》唐李贤注引南北朝孔灵符《会稽记》：汉太尉郑弘尝采薪，得一遗箭，顷有人觅，弘还之。问何所欲，弘知其为神人，因曰："常患若耶溪载薪为难，愿旦南风，暮北风。"后果遂愿。后人因以郑公风或樵风作为顺风乘舟之典。

⑤ "泛画鹢"句：泛画鹢，即泛舟。鹢(yì)，一种水鸟。古时绘鹢首于船头以压水神，后因以画鹢为船的代称。南浦，代指离别之地。

⑥ 酒旆：酒旗。

⑦ 神京路：去汴京(今河南开封)之路。

辑评

清许昂霄《词综偶评》:《夜半乐》第一叠言道途所经,第二叠言目中所见,第三叠乃言去国离乡之感。"至此因念,绣阁轻抛"二句,接上一片。

清陈锐《裒碧斋词话》:柳词《夜半乐》云:"怒涛渐息,樵风乍起,更商旅相呼……"此种长调,不能不有此大开大阖之笔。后吴梦窗《莺啼序》云:"长波妒盼,遥山羞黛……"三四段均用此法。

蔡嵩云《柯亭词论》:柳词胜处,在气骨,不在字面。其写景处,远胜其抒情处。而章法大开大阖,为后起清真、梦窗诸家所取法,信为创调名家……《夜半乐》"冻云暗淡天气"……写羁旅行役中秋景,均穷极工巧。

陈匪石《宋词举》卷下:若合全篇观之,前两段纡徐为妍,为末段蓄势;末段卓荦为杰,一句松不得,一字闲不得,为前两段归结。一词之中兼两种作法。郑文焯论词,曰骨气,曰高健,端在于此。至其以清劲之气,沉雄之魄,运用长句,尤耆卿特长。美成《西平乐》、梦窗《莺啼序》,全得力于柳词。盖耆卿之不可及者,在骨气不在字面,彼嗤为纤艳俚俗者,未得三昧也。

倾　杯

鹜落霜洲,雁横烟渚,分明画出秋色。暮雨乍歇，小楫夜泊^①，宿苇村山驿。何人月下临风处，起一声羌笛？ 离愁万绪，闻岸草、切切蛩吟似织。

为忆，芳容别后，水遥山远，何计凭鳞翼^②。想绣阁深沉，争知憔悴损、天涯行客。楚峡云归，高阳人散^③，寂寞狂踪迹。望京国^④，空目断、远峰凝碧。

注释

① 小楫：小船。

② 鳞翼：鱼和雁，代指书信。古时有鲤鱼、雁足传书之传说。

③ "楚峡"二句：谓佳人离去。战国宋玉《高唐赋》载：楚王游高唐，梦与神女欢会。临别，神女云："妾在巫山之阳，高丘之阻。旦为朝云，暮为行雨。朝朝暮暮，阳台之下。"

④ 京国：京师，指宋代国都汴京。

辑评

清周济《宋四家词选》：依调"损"字当属下，依词"损"字当属上，此类甚多。

清谭献《谭评词辨》卷一：耆卿正锋以当杜诗。"何人"二句，扶质立干。"想绣阁深沉"二句，忠厚悱恻，不愧大家。"楚峡云归"三句，宽处坦夷，正见家数。

俞陛云《唐五代两宋词选释》："暮雨"二句音节极清峭。毛晋谓屯田词"音调谐婉，尤工于羁旅悲怨之辞"，此作克副之。

蔡嵩云《柯亭词论》：柳词胜处，在气骨，不在字面。其写景处，远胜其抒情处。而章法大开大阖，为后起清真、梦窗诸家所取法，信为创调名家……《倾杯乐》"木（鹜）落霜洲"……写羁旅行役中秋景，均穷极工巧。

唐圭璋《唐宋词简释》：此首上片写景，下片抒情，脉络甚明，哀感甚深。起三句，点秋景，"暮雨"三句，记泊舟之时与地。"何人"二句，记闻笛生愁。"离愁"二句，添出草虫似织，更不堪闻。换头，"为忆"三句，述己之远别与信之难达。"想绣阁"三句，就对方设想，念人在外边之苦，语极凄恻。"楚峡"四句，念旧游如梦，欲寻无迹。末两句，以景结束，惆怅不尽。

张先 (990—1078)字子野,湖州乌程(今浙江吴兴)人。天圣八年(1030)进士。累官至都官郎中,晚年退居乡里。高寿,早年以小令与范仲淹、晏殊等齐名,晚年作慢词,与柳永并驰。有《安陆词》,又称《张子野词》。

天仙子

时为嘉禾小倅①以病眠,不赴府会

水调数声持酒听②,午醉醒来愁未醒。送春春去几时回?临晚镜,伤流景③,往事后期空记省。
沙上并禽池上暝,云破月来花弄影。重重帘幕密遮灯,风不定,人初静,明日落红应满径。

注释

① 嘉禾:宋时郡名,今浙江嘉兴市,时张先为嘉兴判官。小倅:
   副职小官。
② 水调:曲调名,隋炀帝开汴渠后自作。唐人颇多玄宗听《水
   调》伤时记载,此词潜寓伤时之意,故用。
③ 流景:流逝的年华。

辑评

宋范正敏:张子野郎中,以乐章擅名一时。宋子京尚书奇其才,先往见之,遣将命者,谓曰:"尚书欲见'云破月来花弄影'郎中乎?"子野屏后呼曰:"得非'红杏枝头春意闹'尚书邪?"遂出,置酒尽欢。盖二人所举,皆其警策也。(胡仔《苕溪渔隐丛话》前集卷第三十七引《遁斋闲览》)

明沈际飞《草堂诗余正集》:"云破月来"句,心与景会,落笔即是,着意即非,故当脍炙。

明杨慎《词品》:"云破月来花弄影",景物如画,画亦不能至此,绝倒绝倒!

清李渔《窥词管见》:琢句炼字,虽贵新奇,亦须新而妥,奇而确。妥与确,总不越一理字,欲望句之惊人,先求理之服众。时贤勿论,吾论古人。古人多工于此技,有最服予心者,"云破月来花弄影"郎中是也……"云破月来"句,词极类新,而实为理之所有。

清黄苏《蓼园词评》:听《水调》而愁,自伤悲贱也。"送春"四句,伤流光易去,后期茫茫也。"沙上"二句,言所居岑寂,以沙禽与花自喻也。"重重"二句,言多障蔽也。结句仍缴送春本题,恐其时之晚也。

清沈祥龙《论词随笔》:词以自然为尚,自然者,不雕琢,不假借,不著色相,不落言筌也。古人名句,如"梅子黄时雨"、"云破月来花弄影",不外自然而已。

清周曾锦《卧庐词话》:此公专好绘影,亦是一癖。

王国维《人间词话》:"红杏枝头春意闹",著一"闹"字,而境

70

界全出。"云破月下花弄影",著一"弄"字,而境界全出矣。

唐圭璋《唐宋词简释》:此首不作发越之语,而自然韵高。

木兰花

乙卯吴兴寒食①

龙头舴艋吴儿竞②,笋柱秋千游女并③。芳洲拾翠暮忘归,秀野踏青来不定④。　　行云去后遥山暝⑤,已放笙歌池院静⑥。中庭月色正清明,无数杨花过无影。

注释

① 乙卯:宋神宗熙宁八年(1075)。吴兴:今浙江湖州。寒食:清明前一日或二日。

② 龙头舴艋:以龙头为饰的轻快小船,"舴艋"亦作"蚱蜢",宋时有寒食日赛龙舟之俗。

③ 笋柱秋千:竹制秋千架。

④ "芳洲"二句:描写清明前寒食踏青盛况。吴中节日,女子盛装出游,至翠翘头饰坠落,犹竞意游赏芳洲而不知归者。踏青,旧俗寒食、清明作郊游,称"踏青"。

⑤ 行云:此处借指游女。

⑥ 已放:停歇。

辑评

清朱彝尊《静志居诗话》:张子野吴兴寒食词"中庭月色正清明,无数杨花过无影",余尝叹其工绝,在世所传"三影"之上。

清李调元《雨村词话》卷一:"张三影"已胜称人口矣。尚有一词云:"无数杨花过无影",合之应名"四影"。

青门引

乍暖还轻冷,风雨晚来方定。庭轩寂寞近清明①,残花中酒②,又是去年病。　　楼头画角风吹醒②,入夜重门静。那堪更被明月,隔墙送过秋千影。

注释

① 庭轩:庭院和走廊。

② 中(zhòng)酒:喝醉。

③ 画角:彩绘的军用号角。

辑评

　　明沈际飞《草堂诗余正集》：怀则自触，触则愈怀，未有触之至此极者。

　　清先著、程洪《词洁辑评》卷一：子野淡雅处，便疑是后来姜尧章出蓝之助。

　　清黄苏《蓼园词选》：落寞情怀，写来幽隽无匹。不得志于时者，往往借闺情以写其幽思。"角声"而曰"风吹醒"，"醒"字极尖刻。至末句"那堪"、"送影"，真是描神之笔，极细微宕渺之致。

一丛花令

　　伤高怀远几时穷？无物似情浓。离愁正引千丝乱，更东陌、飞絮濛濛①。嘶骑渐遥②，征尘不断，何处认郎踪？　　双鸳池沼水溶溶，南北小桡通③。梯横画阁黄昏后，又还是、斜月帘栊④。沉恨细思，不如桃杏，犹解嫁东风⑤。

注释

① 千丝：此指柳丝。飞絮：柳絮。

② 嘶骑(jì)：嘶鸣着的坐骑(马)。

③ 小桡：小舟。桡，船桨。

④ 帘栊：挂着帘子的窗户。栊，窗上横木。

⑤ 嫁东风：伴随东风而去。李贺《南园》诗："可怜日暮嫣红落，嫁与东风不用媒。"

辑评

宋杨湜：张先，字子野，尝与一尼私约。其老尼性严，每卧于池岛中一小阁，俟夜深人静，其尼潜下梯，俾子野登阁相遇。临别，子野不胜惓惓，作《一丛花》词以道其怀。（《绿窗新话》引《古今词话》）

宋范公偁《过庭录》：子野郎中《一丛花》词云……一时盛传。永叔（欧阳修）尤爱之，恨未识其人。子野家南池，以故至都谒永叔。阍者以通，永叔倒屣迎之，曰："此乃'桃李嫁东风'郎中。"

清贺裳《皱水轩词筌》：（"沉恨细思，不如桃杏，犹解嫁东风"）此皆无理而妙，吾亦不敢定为所见略同，然较之"寒鸦数点"，则略无痕迹矣。

晏殊 (991—1055)字同叔,临川(今江西抚州)人。十四岁以神童入试,赐同进士出身,累擢知制诰、翰林学士。宋仁宗庆历中,拜集贤殿大学士、同中书门下平章事。后出知永兴军,徙河南。以疾归,留侍经筵。卒赠司空,谥元献。平素好贤士,范仲淹、韩琦、欧阳修皆出其门下。有《珠玉词》。

浣溪沙

一曲新词酒一杯,去年天气旧亭台①。夕阳西下几时回？　无可奈何花落去,似曾相识燕归来。小园香径独徘徊。

注释

① "去年"句:化用唐郑谷《和知己秋日伤怀》诗:"流水歌声共不回,去年大气旧池台。"意谓大时景物与去年相同,而人事渐改。

辑评

明杨慎《词品》:"无可奈何"二语工丽,天然奇偶。

宋胡仔《苕溪渔隐丛话》后集卷二十引《复斋漫录》:晏元献赴杭州,道过维扬,憩大明寺……徐问之,江都尉王琪诗也。召至同饭。饭已，又同步池上。时春晚，已有落花。晏云："每得句，书墙壁间，或弥年未尝强对。且如'无可奈何花落去'，至今未能对也。"王应声曰："似曾相识燕归来。"自此辟置馆职，遂跻侍从矣。

明沈际飞《草堂诗余正集》卷一："无可奈何花落去"，律诗俊语也，然自是天成一段词，著诗不得。

清王士祯《花草蒙拾》：或问诗词、词曲分界。予曰："无可奈何花落去，似曾相识燕归来"，定非香奁诗。"良辰美景奈何天，赏心乐事谁家院"，定非草堂词也。

清胡薇元《岁寒居词话》：晏元献《珠玉词》，集中《浣溪沙·春恨》"无可奈何花落去，似曾相识燕归来"，本公七言律中腹联，一入词，即成妙句，在诗中即不为工。此诗词之别，学者须于此参之，则他词亦由此会悟矣。

清刘熙载《艺概》卷四：词中句与字有似触著者，所谓极炼不如不炼也。晏元献"无可奈何花落去"二句，触著之句也；宋景文"红杏枝头春意闹"，"闹"字，触著之字也。

清沈祥龙《论词随笔》：词中对句，贵整炼工巧，流动脱化，而不类于诗赋……晏元献之"无可奈何花落去，似曾相识燕归来"，非诗句也。然不工诗赋，亦不能为绝妙好词。

清张宗橚《词林纪事》卷三：细玩"无可奈何"一联，情致缠绵，音调谐婉，的是倚声家语，若作七律，未免软弱矣。

浣溪沙

　　一向年光有限身[①]，等闲离别易销魂[②]。酒筵歌席莫辞频。　　满目山河空念远，落花风雨更伤春。不如怜取眼前人[③]。

注释

① 一向：一霎时光，形容时光短暂。

② 等闲：无端，无缘无故。

③ 怜取眼前人：唐元稹《会真记》莺莺诗："还将旧来意，怜取眼前人。"

辑评

　　吴梅："满目山河空念远，落花风雨更伤春"二语，较"无可奈何"胜过十倍，而人未之知，可云陋矣。（孙人和《词选》引）

破阵子

　　燕子来时新社[①]，梨花落后清明。池上碧苔三四点，叶底黄鹂一两声。日长飞絮轻。　　巧笑东邻女

破阵子（燕子来时新社）

伴②，采桑径里逢迎。疑怪昨宵春梦好，元是今朝斗草赢③。笑从双脸生。

注释

① "燕子"句：相传燕子春社时飞来，秋社时飞去。新社，指春社，在立春后第五个戊日，祭土地神以祈丰收。见《荆楚岁时记》。

② 巧笑：笑容娇美。语本《诗·卫风·硕人》："巧笑倩兮，美目盼兮。"东邻女伴：语本宋玉《登徒子好色赋》："臣里之美者，莫若臣东家之子。"后司马相如《美人赋》中有句："臣之东邻，有一女子，玄发丰艳，蛾眉皓齿。"故诗词中多用"东邻"指代美女。

③ "元是"句：元是，原来是。斗草，古代女子习玩的一种游戏。南朝梁宗懔《荆楚岁时记》："五月五日谓之浴兰节，四民并踏百草，又有斗百草之戏。"唐宋时斗草在二三月，即本词开头所说的春社时刻。

辑评

明沈际飞《草堂诗余别集》卷二：小情香奁中笔。

清许昂霄《词综偶评》："疑怪昨宵春梦好"三句，如闻香口，如见冶容。

蝶恋花

　　槛菊愁烟兰泣露。罗幕轻寒，燕子双飞去。明月不谙离恨苦，斜光到晓穿朱户。　　昨夜西风凋碧树。独上高楼，望尽天涯路。欲寄彩笺兼尺素①，山长水阔知何处？

注释

① 彩笺：诗笺。尺素：书信。

辑评

　　王国维《人间词话》：《诗·蒹葭》一篇，最得风人深致。晏同叔之"昨夜西风凋碧树。独上高楼，望尽天涯路"意颇近之。但一洒落，一悲壮耳。

　　又：古今之成大事业、大学问者，必经过三种之境界。"昨夜西风凋碧树。独上高楼，望尽天涯路"，此第一境界也……此等语皆非大词人不能道。

　　又："我瞻四方，蹙蹙靡所骋"，诗人之忧生也。"昨夜西风凋碧树。独上高楼，望尽天涯路"似之。

蝶恋花（槛菊愁烟兰泣露）

踏莎行

　　小径红稀，芳郊绿遍。高台树色阴阴见①。春风不解禁杨花，濛濛乱扑行人面。　　翠叶藏莺，珠帘隔燕。炉香静逐游丝转②。一场愁梦酒醒时，斜阳却照深深院。

注释

① 阴阴见：指呈现出幽暗的色泽。见，同现。
② 游丝：蜘蛛、青虫之类所吐之丝，因飘荡空中浮游不定，故称。

辑评

　　明沈际飞《草堂诗余正集》卷二：景物不殊，运掉能离奇天矫。结"深深"妙，换不得实字。

　　清沈谦《填词杂说》："夕阳如有意，偏傍小窗明"，不若晏同叔"一场愁梦酒醒时，斜阳却照深深院"更自神到。

　　清李调元《雨村词话》卷二：晏殊《珠玉词》极流丽，能以翻用成语见长。如……"春风不解禁杨花，濛濛乱扑行人面"等句是也。翻复用之，各尽其致。

　　清谭献《复堂词话》：刺词。

　　清黄苏《蓼园词评》：此篇仍前章之意，托兴既同，而结构各异。首三句言花稀而叶盛，喻君子少而小人多也。"高台"指帝阃。"东风"二句，言小人如杨花之轻薄，易动摇君心也。"翠叶"二句，喻事多阻隔。"炉香"句，喻己心郁纡也。"斜阳却照深深院"，言不明之日难照此渊衷也。臣心与闺意双关，写去细思，自得之耳。

宋祁 (998—1061)字子京。安州安陆(今属湖北)人,后迁开封雍丘(今河南杞县)。天圣二年(1024)进士。累官至工部尚书、翰林学士承旨。《新唐书》编撰者之一。卒谥景文。能词。有辑本《宋景文公长短句》。

玉楼春

东城渐觉风光好,縠皱波纹迎客棹①。绿杨烟外晓寒轻,红杏枝头春意闹。   浮生长恨欢娱少,肯爱千金轻一笑?为君持酒劝斜阳,且向花间留晚照②。

注释

① 縠(hú)皱:水被微风吹而皱起的细小波纹。

② "且向"句:语本唐李商隐《写意》:"日向花间留返照。"

辑评

清李渔《窥词管见》:琢句炼字,虽贵新奇,亦须新而妥,奇而确。妥与确,总不越一理字,欲望句之惊人,先求理之服众。时贤勿论,吾论古人。古人多工于此技,有最服予心者,"云破月来花弄影"郎中是也。有蜚声千载上下,而不能服强项之笠翁者,"红杏枝头春意闹"尚书是也。"云破月来"句,词极尖新,而实为理之所有。若红杏之在枝头，忽然加一"闹"字，此语殊难着解。争斗有声之谓"闹"，桃李争春则有之，红杏闹春，予实未之见也。"闹"字可用，则"吵"字、"斗"字、"打"字，皆可用矣。宋子京当日以此噪名，人不呼其姓氏，竟以此作尚书美号，岂由"尚书"二字起见耶？予谓"闹"字极粗极俗，且听不入耳，非但不可加于此句，并不当见之诗词。近日词中，争尚此字者，子京一人之流毒也。

清王士禛《花草蒙拾》："红杏枝头春意闹"尚书，当时传为美谈。吾友公勇极叹之，以为卓绝千古。然实本《花间》"暖觉杏梢红"，特有青蓝冰水之妙耳。

清刘体仁《七颂堂词绎》："红杏枝头春意闹"，一"闹"字卓绝千古。

清王闿运《湘绮楼评词》：押韵之始。

清黄苏《蓼园词评》：通首浓丽，然总以"春意闹"三字，尤为奇辟也。

清沈祥龙《论词随笔》：词人用字，贵在精择……古人名句，末字必新隽响亮。如"人比黄花瘦"之"瘦"字，"红杏枝头春意闹"之"闹"字皆是。然有同此字，而用之善不善，则存乎其人之意与笔。

王国维《人间词话》："红杏枝头春意闹"，著一"闹"字而境界全出。

欧阳修 （1007—1072）字永叔，号醉翁，晚号六一居士。庐陵（今江西吉安）人。天圣八年（1030）进士。曾任枢密副使、参知政事。神宗朝，迁兵部尚书，以太子少师致仕。卒谥文忠。其词或深婉挚厚，或疏宕明快。有《六一词》。

采桑子

轻舟短棹西湖好①，绿水逶迤②。芳草长堤，隐隐笙歌处处随。　　无风水面琉璃滑③，不觉船移。微动涟漪，惊起沙禽掠岸飞。

注释

① 棹（zhào）：一种划船的工具，形状如桨。西湖：此指颍州（今安徽阜阳）西湖。

② 逶迤（wēi yí）：指道路、河道弯曲而长。

③ 琉璃：此处形容水面光滑。

辑评

夏敬观《评六一词》：此颍州西湖词。公昔知颍，此晚居颍州所作也。十词无一重复之意。

采桑子

　　群芳过后西湖好，狼藉残红①。飞絮濛濛，垂柳阑干尽日风。　　笙歌散尽游人去，始觉春空。垂下帘栊，双燕归来细雨中。

注释

① "群芳"二句：谓众花已落，满地残花狼藉。

辑评

　　清谭献《谭评词辨》：（"群芳过后"句）扫处即生。

　　又："笙歌散尽游人去"，悟语是恋语。

　　清陈廷焯《词则·别调集》卷一：（"始觉春空"）四字猛省。

　　清先著、程洪《词洁》："始觉春空"语拙。宋人每以"春"字替人与事，用极不妥。

踏莎行

　　候馆梅残①，溪桥柳细。草薰风暖摇征辔②。离愁渐远渐无穷，迢迢不断如春水。　　寸寸柔肠，盈盈粉泪。楼高莫近危栏倚。平芜尽处是春山③，行人更在春山外。

注释

① 候馆：旅舍。
② 草薰：花草散发出的香气。征辔：缰绳。
③ 平芜：草木丛生的平旷原野。

辑评

明卓人月《词统》：不厌百回读。

明李攀龙《草堂诗余隽》：春水写愁，春山骋想，极切极婉。

又：不著一愁语，而寂寂景色，泃一幅秋光图。

清王士禛《花草蒙拾》："平芜尽处是春山，行人更在春山外"，升庵（杨慎）以为似石曼卿"水尽天不尽，人在天尽头"为工，未免河汉。盖意近而工拙悬殊，不啻霄壤。且此等入词为本色，入诗即失古雅。

清黄苏《蓼园词评》：此词特为赠别作耳。首阕，言时物暄妍，征辔之去自是得意，其如我之离愁不断何。次阕，言不敢远望，愈望愈远也。语语倩丽，韶光情文斐亹。

生查子

去年元夜时①，花市灯如昼。月上柳梢头，人约黄昏后。　　今年元夜时，月与灯依旧。不见去年人，泪满春衫袖。

注释

① 元夜：正月十五元宵节。

辑评

明陶宗仪《说郛》卷二十下：如"月在柳梢头，人约黄昏后"一词，正欧阳居士所作。要之前辈多一时弄翰，要不容以浮薄议。

南歌子

凤髻金泥带①，龙纹玉掌梳②。走来窗下笑相扶，爱道："画眉深浅入时无？"　　弄笔偎人久，描花试手初。等闲妨了绣功夫，笑问："双鸳鸯字怎生书？"

注释

① 凤髻:指状如凤凰的发髻。金泥带:饰有金泥的束髻丝带。

  金泥:又叫泥金,金屑,金末。

② 龙纹玉掌梳:一种饰有龙样花纹的掌形玉梳。

辑评

清贺裳《皱水轩词筌》:词家须使读者如身履其地,亲见其人,方为蓬山顶上。如……欧阳公"弄笔偎人久,描花试手初"……真觉俨然如在目前,疑于化工之笔。

清陈廷焯《白雨斋词话》卷一:小山词,如"去年春恨却来时,落花人独立,微雨燕双飞"……视永叔之"笑问双鸳鸯字怎生书"、"倚阑无绪更兜鞋"等句,雅俗判然矣。

薛砺若《宋词通论》:写得极细腻婉和,最能传出女儿家的心事。这种女性化的作家,到了李易安——一位最大的女作家,并且很受欧词影响的作家——便发挥尽致了。

临江仙①

柳外轻雷池上雨,雨声滴碎荷声。小楼西角断虹明。阑干倚处,待得月华生。　　燕子飞来窥画栋,玉钩垂下帘旌②。凉波不动簟纹平。水精双枕，傍有堕钗横③。

注释

① 据明蒋一葵《尧山堂外纪》，欧阳修任河南推官时，一日，西京留守钱惟演设宴，客已齐而欧与一歌妓迟到。钱不悦。歌女云："中暑往凉堂睡觉，失金钗，犹未见。"钱云："若得欧推官一词，当为偿汝。"词成，合座称善。

② 帘旌：竹帘上用布制成的横额。

③ "凉波"三句：语本唐李商隐《偶题》诗："水纹簟上琥珀枕，旁有堕钗双翠翘。"簟，竹席。此处形容竹席的篾纹像清凉的水波。

辑评

清陈廷焯《词则·闲情集》卷一：遣词大雅，宜为文僖（即钱惟演）所赏。

清许昂霄《词综偶评》：不假雕饰，自成绝唱。

蝶恋花

庭院深深深几许？杨柳堆烟，帘幕无重数。玉勒

蝶恋花（庭院深深深几许）

雕鞍游冶处①，楼高不见章台路②。　　雨横风狂三月暮。门掩黄昏，无计留春住。泪眼问花花不语，乱红飞过秋千去。

注释

① 玉勒雕鞍：镶玉的马笼头和雕花的马鞍。游冶处：指歌楼妓馆。

② 章台路：汉长安有章台街，是当时妓女聚居处。后人常用来代指游冶之地。

辑评

宋李清照《临江仙》词序：欧阳公作《蝶恋花》，有"庭院深深深几许"之句，予酷爱之，用其词作"庭院深深"数阕。其声盖即旧《临江仙》也。

清毛先舒：词家境欲层深，语欲浑成。作词者大抵意层深者，语便刻画；语浑成者，意便肤浅，两难兼也。或欲举其似，偶拈永叔词云"泪眼问花花不语，乱红飞过秋千去"，此可谓层深而浑成。何也？因花而有泪，此一层意也。因泪而问花，此一层意也。花竟不语，此一层意也。不但不语，且又乱落，飞过秋千，此一层意也。人愈伤心，花愈恼人，语愈浅而意愈入，又绝无刻画费力之迹，谓非层深而浑成耶？然作者初非措意，直如化工生物，笋未出而苞节已具，非寸寸为之也。（王又华《古今词论》引）

清陈廷焯《白雨斋词话》卷一：词意殊怨，然怨之深，亦厚之至。盖三章犹望其离而复合，四章则绝望矣。作词解如此用笔，一切叫嚣纤冶之失，自无从犯其笔端。

清黄苏《蓼园词评》：首阕因杨柳烟多，若帘幕之重重者，庭院之深以此。即下句章台不见亦以此。总以见柳絮之迷人，加之雨横风狂，即拟闭门，而春已去矣。不见乱红之尽飞乎，语意如此。通首诋斥，看来必有所指。第词旨浓丽，即不明所指，自是一首好词。

清张惠言《词选》："庭院深深"，闺中既以邃远也；"楼高不见"，哲王又不悟也。章台游冶，小人之径。"雨横风狂"，政令暴急也。"乱红飞过"，斥逐者非一人而已。殆为韩、范作乎？

王国维《人间词话》：有有我之境，有无我之境。"泪眼问花花不语，乱红飞过秋千去"……有我之境也。

俞平伯《唐宋词选释》："三月暮"点季节，"风雨"点气候，"黄昏"点时刻，三层渲染，才逼出"无计"句来。

唐圭璋《唐宋词选注》：作者善于以形象的语言抒写感情上的各种变化，虽然不出闺情范围，但情韵已较《花间》词为胜。

魏夫人 （生卒年不详）名玩，曾燠《江西诗征》卷八五《魏玩传》：玩，字玉汝，襄阳人，道辅（魏泰）之妹，曾文肃布妻，累封鲁国夫人。博览群书，工诗，有《鲁国夫人集》。近代周咏先辑有《鲁国夫人词》，收词十四首。

菩萨蛮

溪山掩映斜阳里，楼台影动鸳鸯起。隔岸两三家，出墙红杏花。　　绿杨堤下路，早晚溪边去。三见柳绵飞，离人犹未归。

辑评

宋曾慥《乐府雅词》：魏夫人，曾子宣丞相内子，有《江城子》、《掷珠帘》诸曲，脍炙人口。其尤雅正者，则有《菩萨蛮》云："溪山掩映斜阳里……"深得《国风·卷耳》之遗。

宋朱熹：本朝妇人能词者，惟李易安、魏夫人二人而已。（清沈雄《古今词话》上卷引）

宋黄昇《花庵词选》：李易安、魏夫人，使在衣冠之列，当与秦七、黄九争雄，不徒擅名于闺阁也。

清陈廷焯《白雨斋词话》卷二：朱晦庵谓宋代妇人能文者，惟魏夫人与李易安二人而已。魏夫人词笔颇有超迈处，虽非易安之敌，然亦未易才也。

晏儿道 （1040?—1112?）字叔原，号小山，临川（今属江西）人。晏殊第七子。秉性耿介，孤高自傲，不肯趋炎附势，仕途不畅，一度因郑侠事株连下狱。其词意韵深婉。有《小山词》。

临江仙

梦后楼台高锁，酒醒帘幕低垂。去年春恨却来时[①]，落花人独立，微雨燕双飞。　　记得小蘋初见，两重心字罗衣[②]。琵琶弦上说相思。当时明月在，曾照彩云归。

注释

① 春恨：春天里引发的离情别恨。

② 心字罗衣：带有心字图案的罗衣。两重心字，寓心心相印之意。

辑评

宋杨万里《诚斋诗话》：晏叔原云"落花人独立，微雨燕双飞"，可谓好色而不淫矣。

明毛晋《宋六十家词》：字字娉娉嫋嫋，如揽嫱、施之袂。恨不能起莲、红(鸿)、蘋、云,按红牙板,唱和一过!

清陈廷焯《白雨斋词话》卷一:小山词,如"去年春恨却来时,落花人独立,微雨燕双飞"……既闲婉又沉著,当时更无敌手。

清谭献《复堂词话》:("落花人独立,微雨燕双飞")名句,千古不能有二。所谓柔厚在此。

清沈祥龙《论词随笔》:词中对句,贵整炼工巧,流动脱化,而不类于诗赋。史梅溪之"做冷欺花,将烟困柳",非赋句也。晏叔原之"落花人独立,微雨燕双飞"……非诗句也。然不工诗赋,亦不能为绝妙好词。

梁启超《饮冰室评词》乙卷:康南海谓起二句纯是华严境界。

鹧鸪天

　　彩袖殷勤捧玉钟,当年拚却醉颜红①。舞低杨柳楼心月,歌尽桃花扇底风②。　　从别后,忆相逢,几回魂梦与君同?今宵剩把银钎照③,犹恐相逢是梦中。

注释

① 拚却:甘愿,不惜。拚,旧读 pàn。

② 桃花扇：应是画有桃花的扇子，歌舞时道具。

③ 剩把：尽把。剩，老是，只管。釭（gāng）：灯。

辑评

宋胡仔《苕溪渔隐丛话》卷三十三：《雪浪斋日记》谓：晏叔原工于小词，"舞低杨柳楼心月，歌尽桃花扇底风"，不愧六朝宫掖体。无咎评乐章，乃以为元献词，误也……此两句在《补亡集》中，全篇云（略），词情婉丽。

明沈际飞《草堂诗余正集》：末二句惊喜俨然。

清刘体仁《七颂堂词绎》："夜阑更秉烛，相对如梦寐"，叔原则云："今宵剩把银釭照，犹恐相逢是梦中。"此诗与词之分疆也。

清陈廷焯《白雨斋词话》卷一：（"从别后"五句）曲折深婉，自有艳词，更不得不让伊独步。视永叔之"笑问双鸳鸯字怎生书"、"倚阑无绪更兜鞋"等句，雅俗判然矣。

清黄苏《蓼园词评》引晁无咎语：叔原不蹈袭人语，而风调闲雅，自是一家。如"舞低杨柳楼心月，歌尽桃花扇底风"，自可知此人不生于三家村中也。"舞低"二句，比白香山"笙歌归院落，灯火下楼台"，更觉浓至。惟愈浓情愈深，今昔之感，更觉凄然。

鹧鸪天

小令尊前见玉箫①，银灯一曲太娇娆。歌中醉倒谁能恨？唱罢归来酒未消。　　春悄悄，夜迢迢，碧云天共楚宫遥。梦魂惯得无拘检，又踏杨花过谢桥②。

注释

① 玉箫：人名。据范摅《云溪友议》载，韦皋少时游江夏，止姜氏家，与姜氏侍婢玉箫有情。韦归，一别七年，玉箫遂绝食而死。后再世，为韦皋妾。此指侑酒歌女。

② 谢桥：通往谢娘家的桥。唐代有名妓谢秋娘。此处以谢桥指所恋女子居地。

辑评

宋邵博《邵氏闻见后录》卷十九：程叔微云："伊川闻诵叔原'梦魂惯得无拘检，又踏杨花过谢桥'长短句，笑曰：'鬼语也。'意亦赏之。"

清厉鹗《论词绝句》：鬼语分明爱赏多，小山小令擅清歌。世间不少分襟处，月细风尖唤奈何。

清况周颐《蕙风词话》卷二：小晏神仙中人，重以名父之贻，贤师友相与沆瀣，其独造处，岂凡夫肉眼所能见及。"梦魂惯得无拘管,又逐杨花过谢桥",以是为至,乌足与论《小山词》耶?

生查子

　　金鞭美少年,去跃青骢马①。牵系玉楼人②,绣被春寒夜。　　消息未归来,寒食梨花谢③。无处说相思,背面秋千下。

注释

① "金鞭"二句:化用韦庄《上行杯》词:"白马玉鞭金辔,少年郎,离别容易,迢递去程千万里。"青骢马,黑白毛色相间的骏马。

② 玉楼人:指玉楼欢会而去之少年。玉楼,装饰华丽的绣楼。

③ "寒食"句:语本温庭筠《郭杜郊居》诗:"寂寞游人寒食后,夜来风雨送梨花。"

辑评

　　宋曾季狸《艇斋诗话》:晏叔原小词"无处说相思,背面秋千下",吕东莱极喜诵此词,以为有思致;然此语本李义山诗:"十五泣春风,背面秋千下。"

　　清黄苏《蓼园词评》:"去跃"二字,从妇人目中看出,深情挚语。末联"无处"二字，意致凄然，妙在含蓄。

俞陛云《唐五代两宋词选释》：此为闺人怨别之词，以"牵系"二字领起下阕四句。"绣被"句有"锦衾独旦"之意。"秋千"句殆用"十五泣春风，背面秋千下"诗意，言背人饮泣也。

菩萨蛮

哀筝一弄湘江曲①，声声写尽湘波绿②。纤指十三弦③，细将幽恨传。　　当筵秋水慢④，玉柱斜飞雁⑤。弹到断肠时，春山眉黛低⑥。

注释

① "哀筝"句：哀筝，筝为弹拨乐器，其声哀怨，故云。湘江曲，即《湘江怨》，相传舜帝南巡，二妃追之不及，投湘江而死，成为湘水女神。后人以此题材谱有乐曲。

② 湘波：用李商隐《哀筝》诗"湘波无限泪，蜀魂有余冤"句意。

③ 十三弦：指筝。汉史游《急就篇》之三颜师古注："筝，亦小瑟也，本十二弦，今时十三。"

④ 秋水：喻眼波。白居易《咏筝》诗："双眸剪秋水，十指剥春葱。"秋水慢，谓眼神凝注。

⑤“玉柱”句:古筝弦柱斜列如雁行。李商隐《昨日》诗有“十三弦柱雁行斜”之句。

⑥“春山”句:低眉,愁苦的样子。春山,喻眉峰。黛,画眉的青绿色颜料。

辑评

清黄苏《蓼园词评》:写筝耶,寄托耶,意致却极凄婉。末句意浓而韵远,妙在能蕴藉。

木兰花

秋千院落重帘幕,彩笔闲来题绣户①。墙头丹杏雨余花,门外绿杨风后絮。 朝云信断知何处,应作襄王春梦去②。紫骝认得旧游踪③,嘶过画桥东畔路。

注释

① 彩笔:优美的诗句。典见《南史·江淹传》:“淹少以文章显,晚节才思微尽……梦一丈夫自称郭璞,谓淹曰:‘吾有笔在卿处多年,可以见还。’淹乃探怀中得五色笔一以授之,尔后为

诗,绝无美句。"后遂以彩笔喻优美的诗句。

② "朝云"二句:用宋玉《高唐赋序》故事。朝云,指所思女子。

③ 紫骝:良马名。

辑评

明沈际飞《草堂诗余正集》:"雨余花"、"风后絮","入江云、黏地絮"(周邦彦《玉楼春》词句),如出一手。

清陈廷焯《词则·闲情集》卷一:"余"、"后"二字,有意味。

清黄苏《蓼园词评》:题为已归而作。前阕首二句,别后想其院宇深沉,门阑谨闭。接言墙内之人,如雨余之花。门外行踪,如风后之絮。次阕起二句,言此后杳无音信。末二句言重经其地,马尚有情,况于人乎。似为游冶思其旧好而言。然叔原尝言其先公不作妇人语,则叔原又岂肯为狭邪之事,或亦有所寄托言之也。

清沈谦《填词杂说》:填词结句,或以动荡见奇,或以迷离称隽,著一实语,败矣。康伯可"正是销魂时候也,撩乱花飞",晏叔原"紫骝认得旧游踪,嘶过画桥东畔路",秦少游"放花无语对斜晖,此恨谁知",深得此法。

思远人

红叶黄花秋意晚,千里念行客①。飞云过尽,归鸿无信，何处寄书得？　　　泪弹不尽临窗滴，就砚旋研墨。渐写到别来，此情深处，红笺为无色。

注释

① 行客：旅行客地他乡之人，此指所思之人。

辑评

清陈廷焯《词则·闲情集》卷一：就"泪墨"二字，渲染成词，何等姿态！

陈匪石《宋词举》："渐"字极宛转，却激切。"写到别来，此情深处"，墨中纸上，情与泪粘合为一，不辨何者为泪，何者为情。故不谓笺色之红因泪而淡，却谓红笺之色因情深而无。

唐圭璋《唐宋词简释》：滴泪研磨，真痴人痴事。

又：末二句，不说己之悲哀，而言红笺都为无色，亦慧心妙语也。

阮郎归

天边金掌露成霜①，云随雁字长②。绿杯红袖趁重阳③，人情似故乡④。　　　兰佩紫，菊簪黄⑤，殷勤理旧狂。欲将沉醉换悲凉，清歌莫断肠。

注释

① 金掌：指金铜仙人掌。汉武帝曾在长安建章宫前柏梁台立铜柱，高二十丈，上有仙人手擎承露盘，见《三辅黄图》。此处借指东京宫殿，以金掌霜露表示已达深秋季节。

② 雁字：飞雁排成的"一"字或"人"字。

③ "绿杯"句：谓趁着重阳佳节纵情饮酒听歌。红袖，指代歌女。

④ 人情：情谊，情味。

⑤ "兰佩"二句：写词人狂态。兰佩紫，语本屈原《离骚》"纫秋兰以为佩"。又《九歌·少司命》："秋兰兮青青，绿叶兮紫茎。"菊簪黄，见杜牧《九日齐山登高》诗："尘世难逢开口笑，菊花须插满头归。"

辑评

清况周颐《蕙风词话》卷二："绿杯"二句，意已厚矣。"殷勤理旧狂"，五字三层意。狂者，所谓一肚皮不合时宜，发见于外者也。狂已旧矣，而理之，其狂若有不得已者。"欲将沉醉换悲凉"，是上句注脚。"清歌莫断肠"，仍含不尽之意。此词沉着厚重，得此结句，便觉竟体空灵。

阮郎归

旧香残粉似当初，人情恨不如。 一春犹有数行书，秋来书更疏。 衾凤冷，枕鸳孤[1]。 愁肠待酒舒。 梦魂纵有也成虚，那堪和梦无！

注释

[1] 衾凤：绣有凤凰的被子。枕鸳：绣有鸳鸯的枕头。

辑评

唐圭璋《唐宋词简释》：上下片结处文笔，皆用层深之法，极为疏隽。

王观 （生卒年不详）字通叟，高邮(今属江苏)人。嘉祐二年(1057)进士。历任大理寺丞、江都知县。以赋应制词触忤罢职，人称王逐客。词学柳永，自认为出柳之上，故自名词集《冠柳集》。今存词十六首。

卜算子

送鲍浩然之浙东①

水是眼波横，山是眉峰聚②。欲问行人去那边，眉眼盈盈处③。　　才始送春归，又送君归去。若到江南赶上春，千万和春住。

注释

① 鲍浩然：作者友人，生平不详。浙东：宋行政区名，时称两浙东路，所辖相当于今浙江东南部。

② 眼波横：眼神顾盼如水波流动。眉峰聚：忧愁时双眉紧锁，如山峰簇聚。

③ 盈盈：清澈的样子。《古诗十九首》："盈盈一水间，脉脉不得语。"

辑评

宋王灼《碧鸡漫志》卷二：王逐客才豪，其新丽处与轻狂处，皆足惊人。

宋胡仔《苕溪渔隐丛话》后集卷三十九：山谷词云："春归何处，寂寞无行路。若有人知春去处，唤取归来同住。"王逐客云"若到江南赶上春，千万和春住"，体山谷语也。

明沈际飞《草堂诗余》：水眼山眉，人出口即是；下二句运用不同，遂胜。

苏轼 (1037—1101)字子瞻,号东坡居士,眉州眉山(今属四川)人。嘉祐二年(1057)进士。曾通判杭州,知密州、徐州、湖州等。元丰三年(1080)以谤新法兴"乌台诗案",贬谪黄州,一度起用,后又贬惠州、儋州。徽宗立,赦还,卒于常州,追谥文忠。在散文、诗歌、书画等方面有极高成就,开创了一种雄迈豪放的词风,使词突破了狭隘的儿女之情的范围,成为士大夫抒写怀抱、议论古今的形式。有《东坡词》。

水龙吟

次韵章质夫杨花词①

　　似花还似非花,也无人惜从教坠。抛家傍路,思量却是,无情有思②。萦损柔肠③,困酣娇眼,欲开还闭④。梦随风万里,寻郎去处,又还被、莺呼起⑤。　　不恨此花飞尽,恨西园、落红难缀。晓来雨过,遗踪何在? 一池萍碎⑥。春色三分:二分尘土,一分流水。细看来,不是杨花,点点是离人泪。

注释

① 章质夫:名楶(jié),其《水龙吟》咏杨花为当时名作。

② 有思(sì):有情思,有思绪。

③ 萦损柔肠:谓愁思伤人。柳枝柔细,故以柔肠为喻。

水龙吟（似花还似非花）

④ 欲开还闭：以娇嫩柳叶喻美人困倦娇眼。

⑤ "梦随"三句：语本唐金昌绪《春怨》："打起黄莺儿,莫教枝上啼。啼时惊妾梦,不得到辽西。"

⑥ 萍碎：指落入水中的杨花。作者自注："杨花落水为浮萍。"

辑评

宋朱弁《曲洧旧闻》卷五：章质夫作《水龙吟》咏杨花,其命意用事,清丽可喜。东坡和之,若豪放不入律吕,徐而视之,声韵谐婉,便觉质夫词有织绣工夫。

宋魏庆之《诗人玉屑》卷二十一：章质夫咏杨花词,东坡和之。晁叔用以为："东坡如王嫱、西施,净洗却面,与天下妇人斗好,质夫岂可比哉!"是则然矣。余以为质夫词中所谓："傍珠帘散漫,垂垂欲下,依前被、风扶起。"亦可曲尽杨花妙处。东坡所和虽高,恐未能及。诗人议论不公如此!

明王世贞《艺苑卮言》：昔人谓铜将军、铁绰板,唱苏学士"大江东去",十八九岁好女子唱柳屯田"杨柳岸晓风残月",为词家三昧……至咏杨花《水龙吟慢》,又进柳妙处一尘矣。

明沈际飞《草堂诗余正集》卷五：只见精灵,不见文字。

清沈谦《填词杂说》：幽怨缠绵,直是言情,非复赋物。

清许昂霄《词综偶评》：(苏轼《水龙吟·次韵章质夫杨花词》)与原作均是绝唱,不容妄为轩轾。

清刘熙载《艺概》：("似花还似非花")此句可作全词评语,盖不离不即也。

清黄苏《蓼园词评》：首四句是写杨花形态，"萦损"以下六句，是写望杨花之人之情绪。二阕用议论，情景交融，笔墨入化，有神无迹矣。

清郑文焯《手批东坡乐府》：煞拍画龙点睛，此亦词中一格。

清李佳《左庵词话》卷上：东坡词如《水龙吟》咏杨花，《水调歌头》"丙辰中秋作"，皆极清新。

清王闿运《湘绮楼评词》："是"原作"似"，"殢"原作"闲"。章韵本是"闲"，牵就韵耳，殊不成语，故改之。

王国维《人间词话》：东坡《水龙吟》咏杨花，和韵而似原唱；章质夫词，原唱而似和韵。才之不可强也如是！

卜算子

黄州定惠院寓居作①

缺月挂疏桐，漏断人初静。谁见幽人独往来②，缥缈孤鸿影。　　惊起却回头，有恨无人省③。拣尽寒枝不肯栖，寂寞沙洲冷。

注释

① 此为元丰二年(1080)谪居黄州时作。定惠院，在黄州东南，

苏轼初到黄州时曾寓居于此。

② 幽人:幽居之人。

③ 省(xǐng):理解。

辑评

宋黄庭坚《山谷题跋》卷二:语意高妙,似非吃烟火食人语,非胸中有万卷书,笔下无一点尘俗气,孰能至此?

金王若虚《滹南诗话》卷二:东坡雁词云:"拣尽寒枝不肯栖",以其不栖木,故云尔。盖激诡之致,词人正贵其如此。而或者以为语病,是尚可与言哉!

清王士禛《花草蒙拾》:坡孤鸿词,山谷以为非吃烟火食人句,良然。铜阳居士云:"缺月,刺微明也;漏断,暗时也;幽人,不得志也;独往来,无助也;惊鸿,贤人不安也。与此《考槃》相似"云云。村夫子强作解事,令人欲呕。

清谭献《复堂词话》:皋文《词选》,以《考槃》为比,其言非河汉也。此亦鄙人所谓"作者未必然,读者何必不然"。

清郑文焯撰、龙沐勋辑《大鹤山人词话》:此亦有所感触,不必附会温都监女故事,自成馨逸。

清陈廷焯《词则》:寓意高远,运笔空灵,措语忠厚,是坡仙独至处,美成、白石亦不能到也。

清沈祥龙《论词随笔》:词导源于诗,诗言志,词亦贵乎言志。淫荡之志可言乎哉……"缺月疏桐",叹其高妙,由于志之正也。

清黄苏《蓼园词评》:此东坡自写在黄州之寂寞耳。初从人说起,言如孤鸿之冷落;下专就鸿说。语语双关,格奇而语隽,斯为超诣神品。

贺新郎①

乳燕飞华屋，悄无人、桐阴转午，晚凉新浴。手
弄生绡白团扇，扇手一时似玉②。渐困倚、孤眠清
熟。帘外谁来推绣户，枉教人、梦断瑶台曲③。又却
是，风敲竹。　　石榴半吐红巾蹙④，待浮花浪蕊都
尽⑤，伴君幽独。秾艳一枝细看取，芳心千重似
束⑥。又恐被、秋风惊绿。若待得君来向此，花前对
酒不忍触。共粉泪，两簌簌。

注释

① 此词本事，宋人众说纷纭。或谓为官妓秀兰浴后困眠、赴宴
来迟而作，见宋人杨湜《古今词话》；或谓为爱妾名榴花者所
作，见宋人陈鹄《耆旧续闻》，皆不足据。

② "手弄"二句：生绡，生丝织成的白色薄绸。扇手似玉，典出《世
说新语·容止》："（王衍）恒捉白玉柄麈尾，与手都无分别。"

③ 瑶台：传为神仙居处。曲：幽深隐僻之处。

④ 红巾蹙：形容榴花半开，像一条收缩起皱的红巾。语本白居

贺新郎（乳燕飞华屋）

易《题孤山寺山石榴花示诸僧众》:"山榴花似结红巾。"
⑤ 浮花浪蕊:指桃李等颜色娇艳但早谢的花。
⑥ 千重似束:形容石榴花瓣重叠,状似喇叭。

辑评

元吴师道《吴礼部诗话》:东坡《贺新郎》词"乳燕飞华屋"云云,后段"石榴半吐红巾蹙"以下皆咏榴,《卜算子》"缺月挂疏桐"云云,"缥缈孤鸿影"以下皆说鸿,别一格也。

明沈际飞《草堂诗余正集》卷六:本咏夏景,至换头单说榴花。高手作文,语意到处即为之,不当限以绳墨。

清黄苏《蓼园词评》:前一阕是写所居之幽僻,次阕又借榴花以比此心蕴结,未获达于朝廷,又恐其年已老也。末四句是花是人,婉曲缠绵,耐人寻味不尽。

清谭献《谭评词辨》卷二:颇欲与少陵《佳人》一篇互证。后半阕别开异境,南宋惟稼轩有之。变而近正。

洞仙歌

仆七岁时,见眉山老尼,姓朱,忘其名,年九十余。自言尝随其师入蜀主孟昶宫中①。一日大热,蜀主与花蕊夫人夜起避暑摩诃池上②,作一词,朱具能记之。今四十年,朱已死,人无知此词者。但记其首两句。暇日寻味,岂《洞仙歌令》乎?乃为足之。

冰肌玉骨,自清凉无汗。水殿风来暗香满。绣帘开,一点明月窥人,人未寝,欹枕钗横鬓乱。起来携素手,庭户无声,时见疏星渡河汉③。试问夜如何?夜已三更,金波淡④,玉绳低转⑤。但屈指、西风几时来,又不道、流年暗中偷换⑥。

注释

① 孟昶(chǎng):五代时后蜀国君,能词。

② 花蕊夫人:孟昶的贵妃,姓徐,一说姓费。摩诃池:故址在今四川成都市郊。摩诃,梵语,意为"大"。

③ 河汉:银河。

④ 金波:此指摩诃池中浮动的月光。

⑤ 玉绳:星名。北斗第五星名玉衡,玉衡北面两颗星即为玉绳。此代指北斗。

⑥ 不道:不觉。

辑评

宋张炎《词源》卷下:清空中有意趣,无笔力者未易到。

明沈际飞《草堂诗余正集》卷三：清越之音，解烦涤苛。

清沈祥龙《论词随笔》：词韶丽处不在涂脂抹粉也。诵东坡"冰肌玉骨，自清凉无汗，水殿风来暗香满"句，自觉口吻俱香。

清郑文焯《手批东坡乐府》：坡老改添此词数字，诚觉意象万千，其声亦如空山鸣泉，琴筑并奏。

清王闿运《湘绮楼评词》：原本皆七言，以宜作词，故加成此，不必以续凫断鹤讥之。然原所谓疏星，即此玉绳也，此则以为流星。又有下三句，痴男不若慧女，信矣。

俞陛云《宋词选释》：全篇好语穿珠，清丽而兼高浑，风格似南唐二主。

永遇乐

彭城夜宿燕子楼，梦盼盼，因作此词①

明月如霜，好风如水，清景无限。曲港跳鱼，圆荷泻露，寂寞无人见。纟从如三鼓②，铿然一叶，黯黯梦云惊断。夜茫茫、重寻无处，觉来小园行遍。

天涯倦客，山中归路，望断故园心眼。燕子楼空，佳人何在？ 空锁楼中燕。古今如梦，何曾梦觉，但有旧欢新怨。异时对、黄楼夜景③，为余浩叹。

注释

① 彭城(今江苏徐州)燕子楼,相传是唐代张建封(实为建封之子张愔)为其爱妾关盼盼所建。张死,盼盼念旧,独居燕子楼十余年不嫁。后代文人多咏其事。

② 纮(dǎn)如:击鼓声。

③ 黄楼:在徐州城东门,苏轼任徐州知州时所建。苏辙、秦观都曾为此楼作赋。

辑评

宋曾敏行《独醒杂志》卷三:东坡守徐州,作燕子楼乐章。方具稿,人未知之。一日,忽哄传城中。东坡讶焉。诘其所从来,乃谓发端于逻卒。东坡召而问之。对曰:"某稍知音律,尝夜宿张建封庙,有歌声。细听之,乃此词也。记而传之,初不知何谓。"东坡笑而遣之。

宋张炎《词源》卷下:词用事最难,要休认著题,融化不涩。如东坡《永遇乐》云"燕子楼空,佳人何在? 空锁楼中燕",用张建封事……此皆用事不为事所使。

清先著、程洪《词洁》:野云孤飞,去来无迹,石帚之词也。此词亦当不愧此品目。仅叹赏"燕子楼空"十三字者,犹属附会浅夫。

清郑文焯《手批东坡乐府》:公以"燕子楼空"三句语秦淮海,殆以示咏古之超宕,贵神情不贵迹象也。余尝深味是言,若发奥悟。

清沈祥龙《论词随笔》：词当意余于辞……如东坡"燕子楼空，佳人何在，空锁楼中燕"，用张建封事……皆为玉田所称。盖辞简而余意悠然不尽也。

江城子

乙卯正月二十日夜记梦①

十年生死两茫茫②。不思量，自难忘，千里孤坟，无处话凄凉。纵使相逢应不识，尘满面，鬓如霜。　　夜来幽梦忽还乡。小轩窗，正梳妆。相顾无言，唯有泪千行。料得年年肠断处，明月夜，短松冈③。

注释

① 乙卯：宋神宗熙宁八年(1075)。

② 十年：苏轼妻王弗于宋英宗治平二年(1065)病死，至作此词悼亡，正为十年。

③ 短松冈：有矮松树的山冈或有松树的短冈。此指王弗的墓地。据苏轼《亡妻王氏墓志铭》，王弗死后先葬于汴京西郊，

治平三年迁葬于眉州彭山县安镇乡可龙里。

辑评

夏承焘《唐宋词欣赏》：这篇《江城子》悼亡词，写夫妇真挚爱情，也可与杜甫的"今夜鄜州月"五律诗比美。

唐圭璋《唐宋词简释》：真情郁勃，句句沉痛，而音响凄厉，诚后山所谓"有声当彻天，有泪当彻泉"也。

李之仪 (?—1117)字端叔,晚号姑溪居士。沧州无棣(今属山东)人。熙宁三年(1070)进士。曾为苏轼幕僚。词风颇受《花间》影响。有《姑溪词》。

卜算子

我住长江头,君住长江尾①。日日思君不见君,共饮长江水。 此水几时休,此恨何时已。只愿君心似我心,定不负相思意。

注释

① 长江头:长江上游。长江尾:长江下游。

辑评

明毛晋《宋六十名家词·姑溪词跋》:(之仪词)多次韵小令,更长于淡语、景语、情语……至若"我住长江头,君住长江尾,日日思君不见君,共饮长江水",真是古乐府俊语矣。

唐圭璋《唐宋词简释》:此首因长江以写真情,意新语妙,直类古乐府。起言相隔之远,次言相思之深。换头,仍扣定长江,言水无休时,恨亦无已时。末句,言两情不负,实本顾太尉语。

黄庭坚 （1045—1105）字鲁直，号山谷道人、涪翁，分宁（今江西修水）人。英宗治平四年（1067）进士。历著作佐郎、秘书丞等职。先后两遭贬谪，卒于宜州（今广西宜山）。其诗为宋调典型，被尊为宋代江西诗派宗主。其词豪放近苏，俚俗近柳，但终未形成独特风格，难列一流。有《山谷琴趣外篇》。

清平乐

　　春归何处？寂寞无行路。若有人知春去处，唤取归来同住。　　春无踪迹谁知？除非问取黄鹂。百啭无人能解，因风飞过蔷薇①。

注释

① 因风：乘着风势。

辑评

　　宋胡仔《苕溪渔隐丛话》后集卷三十九：山谷词云："春归何处？寂寞无行路。若有人知春去处，唤取归来同住。"王逐客云："若到江南赶上春，千万和春住。"体山谷语也。

　　清李佳《左庵词话》卷下：黄山谷《清平乐》词（略）。此亦寓言，无端致谤之喻。

秦观 （1049—1100）字少游，一字太虚，号淮海居士，高邮（今属江苏）人。元丰八年（1085）登进士第。苏轼荐于朝，除太学博士，迁秘书省正字，兼国史院编修。绍圣元年，因"影附苏轼，增损《实录》"而迭遭贬逐，死于赦还途中。是"苏门四学士"之一。有《淮海居士长短句》。

八六子

倚危亭①。恨如芳草，萋萋刬尽还生②。念柳外青骢别后③，水边红袂分时④，怆然暗惊。　　无端天与娉婷⑤，夜月一帘幽梦，春风十里柔情⑥。怎奈向、欢娱渐随流水⑦。素弦声断⑧，翠绡香减⑨；那堪片片飞花弄晚⑩，濛濛残雨笼晴！　正销凝⑪，黄鹂又啼数声。

注释

① 危亭：高峻势险的亭子。

② 刬尽：铲尽。

③ 青骢：青白二色相间骏马，俗名菊花青。

④ 红袂：红袖，指代佳人。

⑤ "无端"句：意外地与美人相遇。无端，没有理由，无心地。

⑥ 春风十里:唐杜牧《赠别》诗:"春风十里扬州路,卷上珠帘总不如。"

⑦ 怎奈向:奈何,无可奈何。

⑧ 素弦声断:意谓情侣间感情断绝。

⑨ 翠绡:绣着翠羽的香罗帕。

⑩ 那堪:不堪,经受不住。

⑪ 销凝:也作"消凝",为销魂凝魄的约辞,出神之义,寓感怀伤神之意。

辑评

宋洪迈《容斋四笔》卷十三:语句清峭,为名流推激。予家旧有《兰畹曲集》,载杜牧之一词,但记其末句云:"正销魂,梧桐又移翠阴。"秦公盖效之,似差不及也。

宋张炎《词源》卷下:离情当如此作,全在情景交炼,得言外意,有如"劝君更尽一杯酒,西出阳关无故人",乃为绝唱。

明杨慎《杨慎批草堂诗余》:周美成词"愁如春后絮,来相接",与"恨如春草,划尽还生",可谓极善形容。

明沈际飞《草堂诗余正集》卷三:恨如划草还生,愁如春絮相接。言愁,愁不可断;言恨,恨不可已。

清黄苏《蓼园词评》:寄托耶? 怀人耶? 词旨缠绵,音调凄婉如此。

清陈廷焯《词则·大雅集》卷二:寄慨无端。

望海潮①

梅英疏淡，冰澌溶泄②，东风暗换年华。金谷俊游，铜驼巷陌③，新晴细履平沙。长记误随车。正絮翻蝶舞，芳思交加。柳下桃蹊，乱分春色到人家。

西园夜饮鸣笳④。有华灯碍月，飞盖妨花⑤。兰苑未空⑥，行人渐老，重来是事堪嗟。烟暝酒旗斜。但倚楼极目，时见栖鸦。无奈归心，暗随流水到天涯。

注释

① 绍圣元年(1094)，词人遭贬行将离京，旧地重游而作此词。

② 冰澌：解冻时随水流动的冰块。澌，通"凘"。

③ 金谷：古地名，在今河南洛阳东北。西晋石崇曾在此筑金谷园，宴集宾客，备极豪华。铜驼：洛阳旧有铜驼街，汉时铸铜驼两只。有俗语云："金马门外集众贤，铜驼陌上集少年。"

④ 西园：指当时驸马都尉王诜(字晋卿)的私人园林。王文诰《苏诗总案》载，元祐二年(1087)，苏轼与秦观等十六人曾于此雅集。当时画家李伯时(号龙眠)绘有《西园雅集图》。

⑤ 飞盖：代指急驰的车辆。盖，车篷。

⑥ 兰苑：种植兰花的园林，此指西园。

辑评

明沈际飞《草堂诗余正集》卷五：春光满楮，与梅无涉。

清陈廷焯《白雨斋词话》卷一：少游词最深厚，最沉著。如"柳下桃溪，乱分春色到人家"，思路幽绝，其妙令人不能思议。

清周济《宋四家词选》：两两相形，以整见劲。以两"到"字作眼，点出"换"字精神。

俞陛云《唐五代两宋词选释》：前段纪昔日游观之事。转头处"西园"三句，极写灯火车骑之盛，惟其先用重笔，故重来感旧，倍觉凄清。后段真气流转，不下于"广陵怀古"之作。

满庭芳^①

山抹微云，天连衰草，画角声断谯门^②。暂停征棹^③，聊共引离罇^④。多少蓬莱旧事，空回首、烟霭纷纷^⑤。斜阳外，寒鸦万点，流水绕孤村^⑥。　　销魂^⑦。当此际，香囊暗解，罗带轻分^⑧。谩赢得青楼、薄倖名存^⑨。此去何时见也？襟袖上、空惹啼痕。伤情处，高城望断^⑩，灯火已黄昏。

① 词作于元丰二年(1079),时年三十一岁。据宋胡仔《苕溪渔隐丛话》后集引《艺苑雌黄》等史料,时在浙江省亲,为程公辟馆之蓬莱阁。

② 画角:古代军中管乐器,出自西羌,以竹木或皮革制成,发音哀厉高亢,用以警晓、振士气。谯门:城门楼,用以瞭望敌情。

③ 征棹:行舟,即将远航之船。

④ 离罇:代指饯别的酒宴。

⑤ 烟霭:云雾。

⑥ "寒鸦"二句:化用隋炀帝"寒鸦千万点,流水绕孤村"诗。

⑦ 销魂:梁江淹《别赋》:"黯然销魂者,唯别而已矣。"

⑧ "香囊"二句:抒别离之情。香囊,古时盛香料的袋子,常佩于身。罗带,即香罗带,古时男女定情之物,亦用以表示婚配。

⑨ "谩赢得"二句:化用唐杜牧《遣怀》诗"十年一觉扬州梦,赢得青楼薄倖名"。

⑩ "高城"句:化用唐欧阳詹《初发太原途中寄太原所思》诗:"高城已不见,况复城中人。"

辑评

宋胡仔《苕溪渔隐丛话》后集卷三十三引《艺苑雌黄》:程公辟守会稽,少游客焉,馆之蓬莱阁。一日,席上有所悦,自尔眷眷不能忘情,因赋长短句。所谓"多少蓬莱旧事,空回首、烟霭纷纷"是也。

宋黄昇《花庵词选》卷二：秦少游自会稽入京，见东坡。坡曰："久别当作文甚胜，都下盛唱公'山抹微云'之词。"秦逊谢。坡遽云："不意别后，公却学柳七作词。"秦答曰："某虽无识，亦不至是。先生之言，无乃过乎？"坡云："'销魂，当此际。'非柳词句法乎？"秦惭服。

宋晁无咎：近世以来作者，皆不及秦少游。如"斜阳外，寒鸦数点，流水绕孤村"，虽不识字人，亦知是天生好言语。（《诗人玉屑》卷二十一引）

清贺贻孙《诗筏》：余谓此语（"寒鸦千万点，流水绕孤村"）在隋炀帝诗中，只属平常，入少游词特为妙绝。盖少游之妙，在"斜阳外"三字见闻空幻。又"寒鸦"、"流水"，炀帝以五言划为两景，少游用长短句错落，与"斜阳外"三景合为一景，遂如一幅佳图。此乃点化之神，必如此，乃用古语耳。

清陈廷焯《词则·大雅集》卷二：诗情画景，情词双绝。此词之作，其在坐贬后乎？

清沈祥龙《论词随笔》：诗重发端，惟词亦然，长调尤重。有单起之调，贵突兀笼罩……有对起之调，贵从容整炼，如少游"山抹微云，天黏衰草"是。

清谭献《复堂词话》：淮海在北宋，如唐之刘文房。

清黄苏《蓼园词评》引沈际飞语：人之情至少游而极，结句"已"字，情波几叠。

清王闿运《湘绮楼评词》：庶常散馆，出京至黄村，齐声一叹。

清周济《宋四家词选》：将身世之感，打并入艳情，又是一法。

江城子

　　西城杨柳弄春柔①，动离忧，泪难收。犹记多情曾为系归舟②。碧野朱桥当日事③，人不见，水空流。　　韶华不为少年留④，恨悠悠，几时休。飞絮落花时候一登楼⑤。便做春江都是泪⑥，流不尽，许多愁。

注释

① 西城：指北宋汴京顺天门外的城区，时多植杨柳。据孟元老《东京梦华录》卷七："（西城金明池）之东岸，临水近墙，皆垂杨。"

② 系归舟：（用杨柳）缠系舟船，实谓杨柳多情，依依惜别。唐刘禹锡《杨柳枝》："长安陌上无穷树，唯有垂杨管别离。"

③ 碧野朱桥：指金明池上桥梁。《东京梦华录》卷七："（水殿）西去数百步，乃仙桥，南北约数百步，桥面三虹：朱漆栏楯，下排雁柱，中央隆起，谓之骆驼虹，若飞虹之状。"

④ 韶华：韶光，青春年华。

⑤ 飞絮落花时候:张泌《江城子》:"飞絮落花时节近清明。"

⑥ 便做:就使,即使。

辑评

明杨慎《杨慎批草堂诗余》:此结语又从坡公结语(指苏轼《江城子·别徐州》"欲寄相思千滴泪,流不到,楚江东")转出,更进一步。

清陈廷焯《词则·大雅集》卷二:"飞絮"九字凄咽。以下尽情发泄,却终未道破。

俞陛云《唐五代两宋词选释》:结尾二句与李后主之"恰似一江春水向东流"、徐师川之"门外重重叠叠山,遮不断,愁来路",皆言愁之极致。

鹊桥仙

纤云弄巧①,飞星传恨②,银汉迢迢暗度③。金风玉露一相逢④,便胜却人间无数。　　柔情似水⑤,佳期如梦,忍顾鹊桥归路⑥。两情若是久长时,又岂在朝朝暮暮。

注释

① 纤云:细薄的云丝。弄巧:弄出许多花巧。旧时有七夕(七月初七)乞巧的习俗,妇女结彩缕,穿七孔针,陈瓜果于庭中向织女乞刺绣缝纫技巧。

② "飞星"句:民间传说牵牛织女下凡结为夫妇,为王母得知,将他们置于银河两岸,每年仅于七夕相会一次。此指牵牛星飞过银河,向织女传达离恨。

③ 银汉:银河。

④ 金风:秋风。

⑤ 柔情似水:用宋寇准《夜度娘》词"柔情不断如春水"句意。

⑥ 鹊桥:民间传说,七夕牛女相会时,喜鹊飞上银河为桥以渡之。

辑评

明沈际飞《草堂诗余正集》卷二:七夕以双星会少别多为恨,独谓情长不在朝暮,化臭腐为神奇。

清黄苏《蓼园词评》:凡咏古题,须独出心裁,此固一定之论。少游以坐党籍被谪,思君臣际会之难,因托双星以写意,而慕君之念,惋恻缠绵,令人意远矣。

俞陛云《唐五代两宋词选释》:夏闰庵云:"七夕词最难作,宋人赋此者,佳作极少,惟少游一词可观,晏小山《蝶恋花》赋七夕尤佳。"

千秋岁

　　水边沙外，城郭春寒退。花影乱，莺声碎①。
飘零疏酒盏，离别宽衣带②，人不见，碧云暮合，
空相对③。　　忆昔西池会④，鹓鹭同飞盖⑤。携手
处，今谁在？日边清梦断⑥，镜里朱颜改。春去也，
飞红万点愁如海。

注释

① "花影"二句：化用唐杜荀鹤《春宫怨》诗："风暖鸟声碎，日高
　　花影重。"

② "离别"句：用《古诗十九首》"相去日已远，衣带日以缓"诗意。

③ "人不见"三句：用梁江淹《杂体诗三十首·休上人怨别》"日
　　暮碧云合，佳人殊未来"诗意。

④ "忆昔"二句：指作者参与的西苑盛会。《淮海集》卷九《西城宴
　　集》诗题下注："元祐七年三月上巳，诏赐馆阁花酒。以中浣日
　　游金明池、琼林苑，又会于国夫人园。会者二十有六人。"

⑤ 鹓鹭：以鹓鹭飞行有序，比喻朝官行列整齐有序。飞盖：代指
　　急驰的车辆。

⑥ 日边：指京城。《世说新语·夙惠》："晋明帝数岁，坐元帝膝
　　上。有人从长安来……因问明帝：'汝意长安何如日远？'答
　　曰：'日远，不闻人从日边来，居然可知。'元帝异之。明日集
　　群臣宴会，告以此意，更重问之，乃答曰：'日近。'元帝失色

千秋岁（水边沙外）

曰：'尔何故异昨日之言邪?'答曰：'举目见日,不见长安。'"
后遂以日边指帝都所在。

辑评

宋陈师道《后山诗话》(《苕溪渔隐丛话》前集卷五十引)：世
称秦词"愁如海"为新奇,不知李国主已云："问君能有几多愁,恰
似一江春水向东流",但以"江"为"海"耳。

宋陈郁《藏一话腴》甲集卷上：太白云："请君试问东流水,别
意与之谁短长?"江南李后主曰："问君能有几多愁,恰似一江春
水向东流。"略加融点,已觉精彩。至寇莱公则谓"愁情不断如春
水",少游云"落红万点愁如海",青出于蓝而青于蓝矣。

清先著、程洪《词洁》卷二："春去也"三字,要占胜。前面许
多攒簇,在此收煞。"落红万点愁如海",此七字衔接得力,异样
出精彩。

清沈祥龙《论词随笔》：词虽浓丽而乏趣味者,以其但知作情
景两分语,不知作景中有情、情中有景语耳……"落红万点愁如
海",皆情景双绘,故称好句,而趣味无穷。

踏莎行

郴州旅舍①

雾失楼台，月迷津渡，桃源望断无寻处②。可堪

孤馆闭春寒③，杜鹃声里斜阳暮④。　　　驿寄梅花⑤，鱼传尺素⑥。砌成此恨无重数。郴江幸自绕郴山⑦，为谁流下潇湘去⑧。

注释

① 绍圣三年(1096)，秦观在监处州(今浙江丽水)酒税任上，再遭贬谪，远徙郴州，并被削去所有官爵。此词作于抵达郴州的第二年春天。

② 桃源：即桃花源，语本陶渊明《桃花源记》，其地汉时为临沅县，属武陵郡。宋乾德中析置桃源县，以桃花源得名，在今湖南常德市西，疑即张家界一带。

③ 可堪：哪堪，哪里经受得住。

④ 杜鹃：又名杜宇，即子规鸟，相传古蜀国望帝失国，其魂魄化为杜鹃，暮春时常啼至嘴角流血，犹自不止。

⑤ 驿寄梅花：汉刘向《说苑》："越使诸发执一枝梅遗梁王，梁王之臣曰韩子，顾谓左右曰：'恶有以一枝梅以遗列国之君者乎？'"后遂以赠梅表示友谊。《荆州记》："宋陆凯与范晔善，自江南寄梅花诣长安与晔，并赠诗曰：'折梅逢驿使，寄与陇头人。江南无所有，聊寄一枝春。'"

⑥ 鱼传尺素：尺素，书信，古时以生绢作书。鲤鱼传书故事，见《饮马长城窟行》："客从远方来，遗我双鲤鱼。呼儿烹鲤鱼，中有尺素书。"

⑦ 郴江：即郴水，在今湖南境内，后汇入湘江。

⑧ 潇湘：潇水与湘江，在今湖南零陵县西相合，称潇湘。古代诗人多以湘水为潇湘。

辑评

宋张端义《贵耳集》卷下：诗话谓"斜阳暮"语近重叠，或改"帘栊暮"，既是"孤馆避春寒"，安得见所谓"帘栊"？二说皆非。尝见少游真本乃"斜阳树"，后避庙讳，故改定耳。

清王士禛《花草蒙拾》："郴江幸自绕郴山，为谁流下潇湘去"，千古绝唱。秦殁后，坡公常书此于扇。云："少游已矣，虽万人何赎！"高山流水之悲，千载而下，令人腹痛。

清黄苏《蓼园词评》：少游坐党籍，安置郴州。首一阕是写在郴，望想玉堂天上，如桃源不可寻，而自己意绪无聊也。次阕言书难达意，自己同郴水自绕郴山，不能下潇湘以向北流也。语意凄切，亦自蕴藉，玩味不尽。雾失月迷，总是被谗写照。

王国维《人间词话》：有有我之境，有无我之境……"可堪孤馆闭春寒，杜鹃声里斜阳暮"，有我之境也。

又：少游词境最为凄婉，至"可堪孤馆闭春寒，杜鹃声里斜阳暮"，则变而为凄厉矣。东坡赏其后二句，犹为皮相。

浣溪沙

漠漠轻寒上小楼①，晓阴无赖似穷秋②。 淡烟流水画屏幽③。　　自在飞花轻似梦，无边丝雨细如愁。 宝帘闲挂小银钩④。

注释

① 漠漠：广漠无声。唐韩愈《同水部张员外曲江春游》诗："漠漠轻阴晚自开，青天白日上楼台。"

② 无赖：无聊赖，无所寄托。穷秋：晚秋。

③ 淡烟流水：此指画屏上的山水景色。

④ 小银钩：此指银质帐钩。

辑评

明卓人月、徐士俊《古今词统》：夺南唐席。

清陈廷焯《词则·大雅集》卷二：宛转幽怨，温韦嫡派。

梁启超《饮冰室评词》乙卷：奇语。

王国维《人间词话》：境界有大小，不以是而分优劣。"细雨鱼儿出，微风燕子斜"，何遽不若"落日照大旗，马鸣风萧萧"。"宝帘闲挂小银钩"，何遽不若"雾失楼台，月迷津渡"也。

俞陛云《唐五代两宋词选释》：清婉而有余韵，是其擅长处。此调凡五首，此首最胜。

唐圭璋《唐宋词简释》：此首景中见情，轻灵异常。上片起言登楼，次怨晓阴，末述幽境。下片两对句，写花轻雨细，境更微妙。"宝帘"一句，唤醒全篇。盖有此一句，则帘外之愁境及帘内之愁人，皆分明矣。

贺铸　(1052—1125)字方回,号庆湖遗老,卫州(在今河南)人。宋太祖孝惠皇后五代族孙。早年曾任武职,后转文官,通判泗州、太平州,又娶宗室赵克彰之女为妻。性耿直,好尚气使酒,评论时政,雌黄人物,一直沉沦下僚。词多抒写自己曲折坎坷、仕途潦倒。有《东山寓声乐府》。

鹧鸪天①

重过阊门万事非②,同来何事不同归?梧桐半死清霜后③,头白鸳鸯失伴飞。　　原上草,露初晞④。旧栖新垅两依依。空床卧听南窗雨,谁复挑灯夜补衣!

注释

① 词人原配赵氏,感情甚笃,后不幸病故。徽宗建中靖国元年(1101)前后,词人故地重游,触景生悲,作此词以寄哀思。

② 阊门:今江苏苏州西门。

③ 梧桐半死:喻丧偶。刘肃《大唐新语》载:安定公主初嫁王同皎。同皎死,再嫁韦擢。韦擢死,又嫁崔铣。后夏侯铦论其事,曰:"公主初昔降婚,梧桐半死。"

④ "原上草"两句:用古乐府《薤露》:"薤上露,何易晞。露晞明朝更复落,人死一去何时归?"句意。

清陈廷焯《词则》：悲惋于直截处见之，当时悼亡之作。

又：此词最有骨，最耐人玩味。

俞陛云《唐五代两宋词选释》：此在悼亡词中，情文相生，等于孙楚。"鸳鸯"句与潘安仁诗"如彼翰林鸟，双飞一朝只"正同。下阕从"新垅"、"旧栖"见意。"原上草"二句，悲"新垅"也；"空床"二句，悲"旧栖"也。郭频伽词"挑灯影晨，还认那人无睡"，宜其抚寒衣而陨涕矣。

青玉案

凌波不过横塘路①，但目送，芳尘去②。锦瑟华年谁与度？月台花榭，琐窗朱户。只有春知处。飞云冉冉蘅皋暮③，彩笔新题断肠句。试问闲愁都几许？一川烟草，满城风絮，梅子黄时雨。

注释

① 凌波：形容女子步履轻盈。横塘：在苏州盘门外十余里。

② 芳尘去：指美人远去。

③ 蘅皋：长着杜蘅（一种香草）的水边高地。

辑评

宋罗大经《鹤林玉露》卷七：（"一川烟草，满城风絮，梅子黄时雨"）盖以三者比愁之多也，尤为新奇，兼兴中有比，意味更长。

清先著、程洪《词洁》：工妙之至，无迹可寻，语句思路亦在目前，而千万人不能凑泊。

清沈谦《填词杂说》：不特善于喻愁，正以琐碎为妙。

清黄苏《蓼园词评》：方回有小筑在姑苏盘门内，地名横塘。时往来其间，有此作。方回以孝惠皇后族孙，元祐中，通判泗州，又倅太平州，退居吴下。是此词作于退休之后也。自有一番不得意，难以显言处。言斯所居横塘，断无宓妃到。然波光清幽，亦常目送芳尘，第孤寂自守，无与为欢，惟有春风相慰藉而已。次阕言幽居肠断，不尽穷愁。惟见烟草风絮，梅雨如雾，共此旦晚耳。无非写其景之郁勃岑寂也。

清万树《词律》卷十：词情词律高压千秋，无怪一时推服。

清刘熙载《艺概》卷四《词曲概》：末句好处，全在"试问"句呼起及与上"一川"二句并用耳。或以方回有"贺梅子"之称，专赏此句，误矣。且此句原本寇莱公"梅子黄时雨如雾"诗句，然则何不目莱公为"寇梅子"耶？

清王闿运《湘绮楼评词》：（末三句）一句一月，非一时也，不着一字故妙。

夏敬观《手批东山词》：稼轩秾丽之处，从此脱胎。细读《东山词》，知其为稼轩所师也。世但言苏辛为一派，不知方回，亦不知稼轩。

142

陈匪石《宋词举》:"一川烟草"是二三月间,"满城风雨"是三四月间,"梅子黄时雨"是四五月间。历时如此,则"谁与度"之神味,更为完足。

芳心苦[1]

杨柳回塘[2],鸳鸯别浦[3]。绿萍涨断莲舟路。断无蜂蝶慕幽香[4],红衣脱尽芳心苦[5]。　　返照迎潮,行云带雨,依依似与骚人语[6]。当年不肯嫁春风,无端却被秋风误[7]。

注释

① 芳心苦:词牌名,一名《踏莎行》。

② 回塘:曲折的堤岸。

③ 别浦:即大河的支流。

④ "断无"句:化用唐崔涂《残花》诗"蜂蝶无情极,残花更不寻"诗意。

⑤ 红衣:荷花花瓣。唐羊士谔《玩荷花》诗:"红衣落尽暗香残。"芳心:指莲心,莲实。因其胚胎色碧味苦故云。

⑥ 骚人:指屈原,其代表作《离骚》中有"制芰荷以为衣兮,集芙

蓉以为裳",后多指失意诗人。

⑦ "当年"二句:从唐韩偓《寄恨》诗"莲花不肯嫁春风"化出。

辑评

清陈廷焯《云韶集》卷三:此词必有所指,特借荷寓言耳。通首如怨如慕,如泣如诉,有多少惋惜,有多少慨叹!淋漓顿挫,一唱三叹。真能压倒今古!

又《白雨斋词话》卷一:此词骚情雅意,哀怨无端,读者亦不自知何以心醉,何以泪堕。

俞陛云《唐五代两宋词选释》:屏除簪绂,长揖归田,已如莲花之褪尽红衣;乃洗净铅华而仍含莲子中心之苦,将怨谁耶?故下阕言当初不嫁春风,本冀秋江自老,岂料秋风不恤,仍横被摧残;盖申足上阕之意也。

仲殊 （生卒年不详）僧人，字师利，俗姓张，名挥。安州(今湖北安陆)人，或云吴人，曾应进士试，喜食蜜，苏轼戏称"蜜殊"。先后住苏州承天寺、杭州吴山宝月寺。清才丽藻，雅能属词。有《宝月集》一卷，今有赵万里辑本。

南歌子

　　十里青山远，潮平路带沙。数声啼鸟怨年华。又是凄凉时候在天涯。　　白露收残暑①，清风衬晚霞。绿杨堤畔闹荷花②。记得年时沽酒、那人家。

注释

① 白露：节气名，在农历七月二十日左右。时已夏末秋初，故曰"收残暑"。
② 闹荷花：形容荷花盛开。

辑评

　　明李攀龙《草堂诗余隽》：追思远人，追忆往事，委婉真切，堪当一《悲秋赋》。

　　明陈霆《渚山堂词话》卷二：僧仲殊好作艳词……大率淫言媟语，故非衲子所宜也。然殊诸曲，类能脱绝寒俭之态。如《南歌子》云……此等句，何害其为富冶也？

周邦彦 （1056—1121）字美成,晚号清真居士,钱塘(今浙江杭州)人。先后担任溧水县令、国子监主簿等职。徽宗赵佶时,一度被任命为大晟乐府(管理音乐的机构)提举官,负责谱制词曲,供奉朝廷。精通音律,其词新调颇多,且词律甚严。多慢词,结构开阖变化,语言精于锻炼,风格典雅精丽。有《片玉集》。

少年游

并刀如水①,吴盐胜雪②,纤手破新橙。锦幄初温③,兽烟不断④,相对坐调笙。　　低声问,向谁行宿?城上已三更。马滑霜浓,不如休去,直是少人行⑤。

注释

① 并刀:产于并州(今山西太原)的刀,以锋利著称。

② 吴盐:唐宋时,两淮所产之盐,以洁白著称。后世因称淮盐为吴盐。

③ 锦幄:锦帐。

④ 兽烟:兽形香炉中冒出的香烟。

⑤ 直是:只是,表示强调的意思。

辑评

清沈谦《填词杂说》："马滑霜浓，不如休去，直是少人行"，言马，言他人，而缠绵偎倚之情自见。若稍涉牵裾，鄙矣。

清王士禛《花草蒙拾》：吾极喜其"锦幄初温，兽烟不断，相对坐调笙"，情事如见。至"低声问：向谁行宿，城上已三更。马滑霜浓，不如休去"等语，几于魂摇目荡矣。

清陈廷焯《白雨斋词话》卷六：美成艳词，如《少年游》……等篇，别有一种姿态，句句洒脱，香奁泛语吐弃殆尽。

清谭献《谭评词辨》卷一：丽极而清，清极而婉，然不可忽过"马滑霜浓"四字。

清王闿运《湘绮楼评词》："手"原作"指"，则全身不现。作"手"乃有两人对作。有此留人者乎？非道君必不能逢此。

清周济《宋四家词选》云：此亦本色佳制也。本色至此便足，再过一分，便入山谷（黄庭坚）恶道矣。

苏幕遮

燎沉香，消溽暑①。鸟雀呼晴②，侵晓窥檐语。叶上初阳干宿雨。水面清圆，一一风荷举。　　故乡遥，何日去？家住吴门，久作长安旅③。五月渔郎相忆否？小楫轻舟，梦入芙蓉浦^④。

注释

① 沉香：一种乔木，是名贵香料，能沉于水，又称沉水香。溽暑：
潮湿闷热的天气。

② 鸟雀呼晴：宋陆佃《埤雅·释鸟》："鹁鸠灰色无绣颈，阴则屏
逐其匹，晴则呼之。"

③ "家住"二句：吴门，浙江北部，古属吴地。此处指作者家乡钱塘
（杭州）。长安，今陕西西安，为汉唐故都。宋人多借指汴京。

④ 芙蓉浦：长满荷花的别浦（江河汊口）。

辑评

　　清陈廷焯《云韶集》：不必以词胜，而词自胜。风致绝佳，亦
见先生胸襟恬淡。

　　王国维《人间词话》：美成《苏幕遮》："叶上初阳干宿雨。水
面清圆，一一风荷举。"此真能得荷之神理者。觉白石《念奴娇》、
《惜红衣》二词，犹有隔雾看花之恨。

瑞龙吟

　　章台路^①，还见褪粉梅梢，试花桃树。愔愔坊陌

人家②，定巢燕子，归来旧处。　　黯凝伫，因念个人痴小③，乍窥门户。侵晨浅约宫黄④，障风映袖，盈盈笑语。　　前度刘郎重到⑤，访邻寻里，同时歌舞，惟有旧家秋娘⑥，声价如故。吟笺赋笔，犹记燕台句⑦。知谁伴，名园露饮⑧，东城闲步？事与孤鸿去。探春尽是，伤离意绪。官柳低金缕⑨，归骑晚、纤纤池塘飞雨。断肠院落，一帘风絮。

注释

① 章台路：汉长安章台下有章台街，后常用以指游冶之地。

② 愔(yīn)愔：安静的样子。

③ 个人：那人。

④ 浅约宫黄：淡施脂粉。宫黄，古代皇宫贵族妇女涂眉的黄粉。

⑤ 前度刘郎：相传东汉刘晨与阮肇入天台山采药迷路，遇二仙女，被邀至家中。半年后回乡，子孙已过七代。后重入天台山访女，踪迹渺然。事载南朝宋刘义庆《幽明录》。

⑥ 秋娘：杜秋娘，唐金陵歌妓，此指相好的女子。

⑦ "燕台"句：指词人赠给所恋女子的诗文。

⑧ 露饮：露天饮茶或酒。

⑨ 官柳：大道旁的柳树。

辑评

宋沈义父《乐府指迷》：结句须要放开，含有余不尽之意，以景结情最好。如清真之"断肠院落，一帘风絮"……之类是也。

陈洵《海绡说词》：第一段地，"还见"逆入，"旧处"平出。第二段人，"因记"逆入，"重到"平出，作第三段起步。以下抚今追昔，层层脱卸。"访邻寻里"，今；"同时歌舞"，昔。"惟有旧家秋娘，声价如故"，今犹昔。而秋娘已去，却不说出，乃吾所谓留字诀者。于是"吟笺赋笔"，"露饮"、"闲步"与"窥户"、"约黄"、"障袖"、"笑语"，皆如在目前矣。又吾所谓能留，则离合顺逆，皆可随意指挥也。"事与孤鸿去"，咽住，将昔游一齐结束。然后以"探春"二句，转出今情。"官柳"以下，复缘情叙景。"一帘风絮"，绕后一步作结。时则"褪粉梅梢，试花桃树"，又成过去矣。后之视今，犹今视昔，奈此断肠院落何！

满庭芳

夏日溧水无想山作[①]

风老莺雏，雨肥梅子[②]，午阴嘉树清圆。地卑山近，衣润费炉烟。人静乌鸢自乐[③]，小桥外、新绿溅溅。凭栏久，黄芦苦竹，疑泛九江船[④]。　　年年，如社燕⑤，飘流瀚海，来寄修椽⑥。且莫思身外，长近尊前⑦。憔悴江南倦客，不堪听、急管繁弦。歌筵畔，先安簟枕⑧，容我醉时眠。

注释

① 溧水：今江苏地名，位于南京市东南。宋代与上元、江宁、句容、溧阳同属江宁府。无想山：在溧水县南十八里。

② 雨肥梅子：雨后梅子晶莹肥美。杜甫《陪郑广文游何将军山林十首》之五："红绽雨肥梅。"

③ 人静乌鸢自乐：雨后乍晴，山林中人静而鸟雀自乐的景象。鸢，鹞鹰。

④ "黄芦苦竹"二句：白居易《琵琶行》诗小序记其迁谪九江郡，于湓浦口送客而遇琵琶女事，其中有诗句："住近湓江地低湿，黄芦苦竹绕宅生。"

⑤ 社燕：燕子春社时来，秋社时去，故称社燕。社，祭社神之日。立春后五戊为春社，立秋后五戊为秋社。

⑥ 瀚海：沙漠。修椽(chuán)：长椽子。指燕子筑巢处。

⑦ "莫思身外"二句：杜甫《绝句漫兴》九首之四："莫思身外无穷事，且尽尊前有限杯。"

⑧ 簟(diàn)枕：床具。簟，竹席。

辑评

清许昂霄《词综偶评》：通首疏快，实开南宋诸公之先声。

清陈廷焯《云韶集》：起笔秀绝。以意胜，不以词胜，笔墨真高。亦凄恻，亦疏狂。

又《白雨斋词话》卷一：美成词有前后若不相蒙者，正是顿挫之妙。如《满庭芳》……此中有多少说不出处，或是依人之苦，或有患失之心。但说得虽哀怨，却不激烈，沉郁顿挫中别饶蕴藉。后人为词，好作尽头语，令人一览无余，有何趣味？

清黄苏《蓼园词评》：此必其出知顺昌后作。前三句见春光已去。"地卑"至"九江船"，言其地之僻也。"年年"三句，见宦情如逆旅。"且莫思"句至末，写其心之难遣也。末句妙于语言。

清周济《宋四家词选》：体物入微，夹入上下文中，似褒似贬，神味最远。

梁启超《饮冰室评词》乙卷：最颓唐语，却最含蓄。

六　丑

蔷薇谢后作

正单衣试酒①，恨客里、光阴虚掷。愿春暂留，春归如过翼②，一去无迹。为问花何在？夜来风雨，葬楚宫倾国③。钗钿堕处遗香泽④，乱点桃蹊，轻翻柳陌。多情为谁追惜⑤？但蜂媒蝶使，时叩窗槅。

东园岑寂，渐蒙笼暗碧⑥。静绕珍丛底⑦，成叹息。长条故惹行客，似牵衣待话，别情无极。残英小，强簪巾帻⑧。终不似、一朵钗头颤袅，向人欹侧。漂流处，莫趁潮汐。恐断红尚有相思字⑨，何由见得。

注释

① 试酒：据周密《武林旧事》载，宋代在农历四月初有尝新酒的习俗。

② 过翼：飞过的鸟。

③ 楚宫倾国：楚王宫殿里的绝色美人，这里指蔷薇花。

④ 钗钿：女子的首饰，这里指散落的蔷薇花瓣。

⑤ 为谁追惜：谁为追惜，谁会为之可惜。

⑥ 蒙笼暗碧：草木枝繁叶茂，呈现出深绿的颜色。

⑦ 珍丛：此指蔷薇花丛。

⑧ 巾帻(zé)：头巾。

⑨ "漂流处"三句：用御沟流红叶典。据范摅《云溪友议》载，唐卢渥到长安应举，在御沟拾得一片红叶，上有宫女题诗，后来凑巧与该宫女结成婚姻。断红：落花。

辑评

明沈际飞《草堂诗余正集》：真爱花者！一得将萼，移枕携襆卧其下，以观花之由微至盛至落，至于萎地而后已。善哉。

清黄苏《蓼园词评》：自叹年老远宦，意境落寞，借花起兴。以下是花，是自己，比兴无端，指与物化，奇情四溢，不可方物，人巧极而天工生矣。结处尤缠绵无已，耐人寻绎。

清谭献《谭评词辨》卷一："愿春"二句，逆入平出，亦平入逆出。"为问"三句，搏兔用全力。"静绕"三句，处处断，处处续。"残英"句，即"愿春暂留也"。"漂流"句，即"春归如过翼"也。末二句仍用逆挽，此《片玉》所独。

清周济《宋四家词选》："愿春暂留，春归如过翼，一去无迹。"十三字千回百折，千锤百炼，以下如鹏羽自逝。

又：不说人惜花，却说花恋人。不从无花惜春，却从有花惜春。不惜已簪之残英，偏惜欲去之残红。

清蒋敦复《芬陀利室词话》卷一：清真《六丑》一词，精深华妙，后来作者，罕能继踪。

陈洵《海绡说词》：读之但觉回肠荡气，复何处寻其源耶。

夏敬观：一气贯注，转折处如天马行空。所用虚字，无一不与文情相合。（《唐宋名家词选》引）

兰陵王

柳

柳阴直，烟里丝丝弄碧。隋堤上、曾见几番[①]，拂水飘绵送行色。登临望故国，谁识京华倦客②？长亭路③，年去岁来，应折柔条过千尺。　　闲寻旧踪迹，又酒趁哀弦，灯照离席。梨花榆火催寒食④。愁一箭风快，半篙波暖⑤，回头迢递便数驿，望人在天北。　　凄恻，恨堆积！渐别浦萦回⑥，津堠岑寂⑦，斜阳冉冉春无极。念月榭携手，露桥闻笛。沉思前事，似梦里，泪暗滴。

注释

① 隋堤：隋炀帝开通济渠，旁筑御道，道边植杨柳，后人称为隋堤。

② 京华倦客：作者自指，因久客京师而觉厌倦，故云。

③ 长亭：古时驿路所筑供行人休息之处，亦为送别之所，五里一短亭，十里一长亭。

④ 榆火：榆柳之火。寒食：清明前二日，旧俗禁火，节后另取新火。唐宋时皇帝在清明日取榆柳之火以赐百官。

⑤ 半篙波暖：指撑船的竹篙没入水中。因时令近暮春，故云水波已暖。

⑥ 别浦萦回：船开之后，水面上水波还在回旋。

⑦ 津堠(hòu)：渡口上可供守望、住宿的处所。

辑评

明沈际飞《草堂诗余正集》:"闲寻旧(踪)迹"以下,不沾题而宣写别怀,无抑塞。

清王士禛《花草蒙拾》:("愁一箭风快"二句)酷尽别离之惨,而题作咏柳,不书其事,则意趣索然,不见其妙矣。

清陈廷焯《白雨斋词话》卷一:美成词极其感慨,而无处不郁,令人不能遽窥其旨。如《兰陵王·柳》……遥遥挽合,妙在才欲说破,便自咽住,其味正自无穷。

清谭献《谭评词辨》卷一:已是磨杵成针手段,用笔欲落不落。"愁一箭风快"等句,此类喷醒,非玉田所知。"斜阳"七字,微吟千百遍,当入三昧,出三昧。

陈洵《海绡说词》:托柳起兴,非咏柳也。

梁启超《饮冰室评词》乙卷:"斜阳"七字,绮丽中带悲壮,全首精神提起。

西 河

金 陵

佳丽地①,南朝盛事谁记②。山围故国绕清江,髻鬟对起。怒涛寂寞打孤城③,风樯遥度天际④。　　断崖树，犹倒倚。莫愁艇子曾系⑤，空余旧迹郁苍苍，雾沉半垒。夜深月过女墙来⑥，伤心东望淮水⑦。　　酒旗戏鼓甚处市⑧。想依稀、王谢邻里。燕子不知何世，入寻常、巷陌人家⑨，相对如说兴亡，斜阳里。

注释

① 佳丽地：美好的地方，此指金陵(今江苏南京)。

② 南朝：东晋以后，宋、齐、梁、陈四朝，皆建都金陵，史称南朝。

③ "山围故国"三句：化用唐刘禹锡《石头城》诗"山围故国周遭在，潮打孤城寂寞回"句意。孤城：此指金陵城。

④ 风樯(qiáng)：张挂着风帆的船。樯，船上张帆用的桅杆。

⑤ "莫愁艇子"句：南朝乐府《莫愁乐》："莫愁在何处？莫愁石城西。艇子打双桨，催送莫愁来。"莫愁，相传为南朝的民间女子。

⑥ 女墙：城垣上的短墙，言其卑小，比于城墙，若女子之于丈夫。此句语本刘禹锡《石头城》诗："淮水东边旧时月，夜深还过女墙来。"

⑦ 淮水：此指秦淮河。

⑧ 酒旗戏鼓：指酒楼、戏馆等繁华热闹的场所。

⑨ "想依稀"五句：化用刘禹锡《乌衣巷》"旧时王谢堂前燕，飞入寻常百姓家"诗意。

辑评

清许昂霄《词综偶评》：隐括唐句，浑然天成。

清陈廷焯《云韶集》：此词纯用唐人成句融化入律，气韵沉雄，苍凉悲壮，直是压遍古今。

又：金陵怀古词，古今不可胜数，要当以美成此词为绝唱。

梁启超《饮冰室评词》乙卷：张玉田谓清真最长处，在善融化古人诗句如自己出，读此词可见此中三昧。

俞陛云《唐五代两宋词选释》：闰庵评此词前二段云："佳处在境界之高，若仅以点化唐人诗意论之，尚浅。"余谓第三段"燕子"、"斜阳"数语在神韵之远，若仅以点化"王谢堂前"诗意论之，尚浅。

叶梦得 （1077—1148）字少蕴，号石林居士，吴县（今江苏苏州）人。绍圣四年（1097）进士。曾任吏部尚书、龙图阁直学士。晚年退居湖州卞山，以读书吟咏自乐。其身经北宋覆亡与南宋偏安，词由北宋时之婉丽一变而为南宋时之简淡。有《石林词》。

贺新郎

睡起流莺语。掩苍苔、房栊向晚，乱红无数。吹尽残花无人见，惟有垂杨自舞。渐暖霭，初回轻暑。宝扇重寻明月影①，暗尘侵、上有乘鸾女②。惊旧恨，遽如许。　　江南梦断横江渚。浪粘天、葡萄涨绿③，半空烟雨。无限楼前沧波意，谁采蘋花寄取？但怅望、兰舟容与④。万里云帆何时到，送孤鸿、目断千山阻。谁为我，唱金缕⑤？

注释

① "宝扇"句：汉班婕妤《怨歌行》中有"裁为合欢扇，团团似明月"句。此化用之。

② 乘鸾女：用秦王小女弄玉乘鸾仙去典。南朝江淹《拟班婕妤诗》有："纨扇如圆月，出自机中素。画作秦王女，乘鸾向

烟雾。"

③ 葡萄涨绿：这里形容碧绿的江水。

④ 容与：闲暇自得的样子。

⑤ 金缕：即唐代杜秋娘所唱《金缕衣》曲。

辑评

宋黄昇：石林叶少蕴"睡起流莺语"词，人人能道之，集中未有胜此者，盖得意之作也。（魏庆之《诗人玉屑》卷二十一引）

明沈际飞《草堂诗余正集》：一意一机，自话自语。草木花鸟字面迭来，不见质实，受知于蔡元长，宜也。

清黄苏《蓼园词评》：梦得，理学名臣，晚年致政家居而作此词，自有所指，可细玩之。

俞陛云《唐五代两宋词选释》："残花"二句喻无限离怀，只堪独喻。下阕"楼前"五句写临江望远之神，寄情绵远，笔复空灵。词有以真气为尚者，如明镜中不着尘沙一点也。

陈克 (1081—1137?)字子高，号赤城居士。临海(今属浙江)人。侨寓金陵，与叶梦得友善。宋高宗绍兴中，曾上《东南防守利便》三章。绍兴七年(1137)，吕祉节制淮西庐州军马，陈克应征为参谋。八月，郦琼叛投伪齐刘豫时被擒，骂贼不止，遂遇难。工诗词。有《赤城词》。

菩萨蛮

绿芜墙绕青苔院①，中庭日淡芭蕉卷。蝴蝶上阶飞，烘帘自在垂②。　玉钩双语燕，宝甃杨花转③。几处簸钱声④，绿窗春睡轻。

注释

① "绿芜"句：用唐白居易《陵园妾》诗成句。

② 烘帘：犹暖帘，因帘能挡风保暖故称。

③ 宝甃(zhòu)：水井的美称。甃，井。

④ 簸钱：古代一种以掷钱赌输赢的游戏。唐王建《宫词》之九十三："暂向玉花阶上坐，簸钱赢得两三筹。"

辑评

清陈廷焯《词则·大雅集》卷二：工雅芊丽，温韦流派。

唐圭璋《唐宋词简释》：此首写暮春景色，极见承平气象……通首写景，而人之闲适自如，即寓景中。

赵佶 (1082—1135)即宋徽宗,神宗子,哲宗弟。在位时不理国政,沉湎于苑囿宫观。金人雄起北方,宣和七年(1125)灭辽,乘胜攻宋。见国蹙,遂传位太子赵桓(即钦宗)。靖康二年(1127),金人攻破汴京,父子二人被掳至东北荒寒之境,竟死于金五国城(今黑龙江依兰)。以帝王之尊,沦为阶下之囚,其词饱含沉痛。有辑本《宋徽宗词》。

燕山亭

北行见杏花

　　裁剪冰绡①,轻叠数重,淡著燕脂匀注②。新样靓妆③,艳溢香融,羞杀蕊珠宫女④。易得凋零,更多少、无情风雨。愁苦。闲院落凄凉,几番春暮。

凭寄离恨重重,这双燕,何曾会人言语。天遥地远,万水千山,知他故宫何处。怎不思量,除梦里、有时曾去。无据⑤。和梦也、新来不做。

注释

① 冰绡:洁白的薄绢。

② 燕脂:即胭脂。

③ 靓(jìng)妆:美丽的妆饰。

④ 蕊珠宫：道家所说的天上仙宫。蕊珠宫女，即仙女。

⑤ 无据：靠不住。

辑评

明杨慎《词品》卷六：词极凄婉，亦可怜矣。

明沈际飞《草堂诗余正集》：猿鸣三声，征马踟蹰，寒鸟不飞。

清贺裳《皱水轩词筌》：南唐主《浪淘沙》曰："梦里不知身是客，一晌贪欢。"至宣和帝《燕山亭》则曰："无据，和梦也有时不做。"其情更惨矣。呜呼，此犹《麦秀》之后有《黍离》耶？

清徐釚《词苑丛谈》：哀情哽咽，仿佛南唐李主，令人不忍多听。

梁启超《饮冰室评词》乙卷：昔人言宋徽宗为李后主后身，此词感均顽艳，亦不减"帝外雨潺潺"诸作。

王国维《人间词话》：尼采谓一切文学，余爱以血书者。后主之词，真所谓以血书者也；宋道君皇帝《燕山亭》词略似之。

李清照　（1084—1151?）号易安居士,济南章丘(今属山东)人。父亲是齐鲁间有名学者,母亲是状元王拱辰孙女。少有诗名,才力华赡。年十八,适赵明诚,婚后居汴京。夫妻间互相比诗、比词,赵明诚常自叹弗如。后人辑有《漱玉词》。

如梦令

　　昨夜雨疏风骤, 浓睡不消残酒①。试问卷帘人②, 却道海棠依旧。知否? 知否? 应是绿肥红瘦。

注释

① 残酒:残存的酒意,此指残醉。

② 卷帘人:卷帘的侍婢。

辑评

　　明张綖《草堂诗余别集》:结句尤为委曲精工,含蓄无穷之意焉,可谓女流之藻思者矣。

　　明蒋一葵《尧山堂外纪》卷五十四:当时文人莫不击节称赏,未有能道之者。

　　明吴从先《草堂诗余隽》卷二:写出妇人声口,可与朱淑贞并擅词华。

如梦令（昨夜雨疏风骤）

明沈际飞《草堂诗余正集》卷一："知否"二字,叠得可味。"绿肥红瘦",创获自妇人,大奇。

清黄苏《蓼园词评》：一问极有情,答以"依旧",答得极淡,跌出"知否"二句来。而"绿肥红瘦",无限凄婉,却又妙在含蓄,短幅中藏无限曲折,自是圣于词者。

清王士禛《花草蒙拾》：前辈谓史梅溪之句法,吴梦窗之字面,固是确论。尤须雕组而不失天然,如"绿肥红瘦"、"宠柳娇花",人工天巧,可称绝唱。

清李佳《左庵词话》卷上：李易安《漱玉词》,匪特闺阁无此清才,即求之词家能手亦罕……又如"试问卷帘人,却道海棠依旧。知否,知否,应是绿肥红瘦",语意清新,的是词家吐属。

清陈廷焯《云韶集》卷十：只数语中层次曲折有味。世徒称其"绿肥红瘦"一语,犹是皮相。

又《白雨斋词话》卷六：词人好作精艳语,如左与言之"滴粉搓酥"、姜白石之"柳怯云松",李易安之"绿肥红瘦"、"宠柳娇花"等句,造句虽工,然非大雅。

凤凰台上忆吹箫

香冷金猊①,被翻红浪②,起来慵自梳头。任宝

凤凰台上忆吹箫（香冷金猊）

奁闲掩③，日上帘钩。生怕闲愁暗恨，多少事、欲说还休。新来瘦，非干病酒，不是悲秋。　　休休，这回去也，千万遍《阳关》④，也则难留。念武陵人远⑤，烟锁秦楼⑥。惟有楼前流水，应念我、终日凝眸。凝眸处，从今又添，一段新愁。

注释

① 金猊(ní)：狮子形铜香炉。

② 红浪：形容被子未铺叠之状。

③ 宝奁：华贵的镜匣。

④《阳关》：王维诗《送元二使安西》，谱曲名《渭城曲》，又名《阳关三叠》，为别离时所唱。

⑤ 武陵人远：用陶渊明《桃花源记》所写武陵(今湖南常德)渔人误入桃花源典故，写丈夫之远去。同时牵合刘晨、阮肇入天台山采药遇仙女故事，见南朝宋刘义庆《幽明录》。

⑥ 秦楼：一称凤台、凤楼。《列仙传》载，春秋时人萧史善吹箫，作凤鸣。秦穆公以女弄玉妻之，为筑凤台以居，一夕吹箫引凤，夫妇乘之而去。

辑评

明茅暎《词的》卷四：出自然，无一字不佳。

明陆云龙《词菁》卷二：满楮情至语，岂是口头禅。

明吴从先《草堂诗余隽》卷二:写出一种临别心神,而新瘦新愁,真如秦女楼头,声声有和鸣之奏。

明竹溪主人《风韵情词》卷五:雨洗梨花,泪痕有在;风吹柳絮,愁思成团。易安此词颇似之。

清陈廷焯《云韶集》:此种笔墨,不减耆卿、叔原,而清俊疏朗过之。"新来瘦"三语,婉转曲折,煞是妙绝。笔致绝佳,余韵尤胜。

一剪梅

红藕香残玉簟秋①。轻解罗裳,独上兰舟。云中谁寄锦书来②,雁字回时③,月满西楼。　　花自飘零水自流。一种相思,两处闲愁。此情无计可消除,才下眉头,却上心头。

注释

① 玉簟(diàn):华美的竹席。

② 锦书:即帛书,书信的美称。

③ 雁字:大雁飞翔时排成"一"字或"人"字。又《汉书·苏武传》有托称雁足传书故事,此隐括其意。

明王世贞《弇州山人词评》：李易安"此情无计可消除，方下眉头，又上心头"，可谓憔悴支离矣。

明李廷机《草堂诗余评林》卷二：此词颇尽离别之情。语意飘逸，令人省目。

明李攀龙《草堂诗余隽》卷五：惟锦书、雁字，不得将情传去，所以一种相思，眉间心头，在在难消。

清陈廷焯《云韶集》：起七字秀绝，真不食人间烟火者。梁绍壬谓：只起七字已是他人不能到，结更凄绝。

醉花阴

薄雾浓云愁永昼，瑞脑消金兽①。佳节又重阳②，玉枕纱厨③，半夜凉初透。　　东篱把酒黄昏后，有暗香盈袖。莫道不消魂，帘卷西风，人比黄花瘦。

注释

① 瑞脑：香料。金兽：兽形铜香炉。

② 重阳：重阳节，在阴历九月初九。

③ 纱厨：即碧纱橱，形似橱形的纱帐。

辑评

明茅暎《词的》卷一：但知传诵结语，不知妙处全在"莫道不消魂"。

清许昂霄《词综偶评》：结句亦从"人与绿杨俱瘦"脱出，但语意较工妙耳。

清许宝善《自怡轩词选》卷二：幽细凄清，声情双绝。

清陈廷焯《云韶集》：无一字不秀雅，深情苦调，元人词曲往往宗之。

清李佳《左庵词话》卷上：李易安《漱玉词》，匪特闺阁无此清才，即求之词家能手亦罕……又如"莫道不销魂，帘卷西风，人比黄花瘦"……语意清新，的是词家吐属。

清沈祥龙《论词随笔》：写景贵淡远有神，勿堕而奇险，言情贵蕴藉，勿浸而淫亵……"黄花比瘦"，言情之善者也。

又：词人用字，贵在精择……古人名句，末字必新隽响亮。如"人比黄花瘦"之"瘦"字，"红杏枝头春意闹"之"闹"字皆是。然有同此字，而用之善不善，则存乎其人之意与笔。

清王闿运《湘绮楼词选》：此语若非出女子自写照，则无意致。

永遇乐

落日熔金，暮云合璧①，人在何处？染柳烟浓，吹梅笛怨②，春意知几许！元宵佳节，融和天气，次第岂无风雨③？来相召、香车宝马，谢他酒朋诗侣。　　中州盛日④，闺门多暇，记得偏重三五⑤。铺翠冠儿，捻金雪柳⑥，簇带争济楚⑦。如今憔悴，风鬟霜鬓⑧，怕见夜间出去⑨。不如向、帘儿底下，听人笑语。

注释

① "落日"二句：熔金，形容落日的余晖像熔解的金子一样有光。合璧，形容四周暮云连成一片，如玉块相合。

② "染柳"二句：染柳烟浓，指柳树为浓浓的烟霭所笼罩。吹梅笛怨，笛子吹奏出哀怨的《梅花落》曲调。

③ 次第：转眼。

④ 中州：本指今河南一带，此专指汴京(今河南开封)。

⑤ 三五：此指正月十五元宵节。

⑥ "铺翠"二句：铺翠冠儿，饰有翠鸟羽毛的帽子。捻金雪柳，妇女的一种装饰物，大约以丝绸或彩纸制成。

⑦ 簇带：宋时俗语，即插戴。济楚：整齐。

⑧ 风鬟霜鬓：发鬟散乱，两鬓如霜。

⑨ 怕见：懒得。

宋张炎《词源》卷下：至如李易安《永遇乐》云："不如向帘儿底下，听人笑语。"此词亦自不恶，而以俚词歌于坐花醉月之际，似乎击缶韶外，良可叹也。

明杨慎《词品》之二：晚年自南渡后，怀京洛旧事，赋元宵《永遇乐》词云"落日熔金，暮云合璧"已自工致。至于"染柳烟浓，吹梅笛怨，春意知几许"，气象更好。后叠云："于今憔悴，风鬟雾鬓，怕见夜间出去。"皆以寻常言语，度入音律。炼句精巧则易，平淡入妙者难。山谷所谓以故为新，以俗为雅者，易安先得之矣。

清谢章铤《赌棋山庄词话》卷三：李易安"落日"、"暮云"，虑周而藻密。综述性灵，敷写器象，盖骎骎乎大雅之林矣。

近代吴梅《词学通论》：此事感怀京洛，须有沉痛语方佳。词中如"如今憔悴，风鬟霜鬓，怕向花间重去"固是佳语，而上下文皆不称。上云"铺翠冠儿，捻金雪柳，簇带争济楚"，下云"不如向帘儿底下，听人笑语"，皆太质率，明者自能辨之。

武陵春

春　晚

风住尘香花已尽，日晚倦梳头。物是人非事事休，欲语泪先流。　　闻说双溪春尚好[1]，也拟泛轻舟。只恐双溪舴艋舟[2]，载不动，许多愁。

注释

① 双溪：浙江金华城南有东港、南港两条河水，人称双溪。

② 舴艋(zé měng)舟：形如蚱蜢的小船。

辑评

明董其昌《便读草堂诗余》卷三：物是人非，睹物宁不伤感！

明吴从先《草堂诗余隽》卷二：景物尚如旧，人情不似初，言之于邑，不觉泪下。

明沈际飞《草堂诗余正集》卷一：与"载取愁归去"相反，与"遮不断愁来路"、"流不到楚江东"相似，分帜词坛，孰辨雄雌。

清王士禛《花草蒙拾》："载不动，许多愁"与"载取暮愁归去"、"只载一船离恨向西州"，正可互观。

清吴衡照《莲子居词话》卷二：易安《武陵春》，其作于祭湖州以后欤？悲深婉笃，犹令人感伉俪之重。叶文庄乃谓："语言文字，诚所谓不祥之具，遗讥千古者矣。"不察之论也。

清陈廷焯《白雨斋词话》卷二：易安《武陵春》后半阕……又凄婉又径直。观此，益信无再适张汝舟事。即风人"岂不尔思，畏人之多言"意也。投綦公一启，后人伪撰以诬易安耳。

声声慢

　　寻寻觅觅，冷冷清清，凄凄惨惨戚戚。乍暖还寒时候，最难将息①。三杯两盏淡酒，怎敌他、晚来风急。雁过也，最伤心，却是旧时相识。　　满地黄花堆积，憔悴损，如今有谁堪摘。守著窗儿，独自怎生得黑？梧桐更兼细雨，到黄昏、点点滴滴。这次第②，怎一个、愁字了得。

注释

① 将息：调养。
② 这次第：这情况、光景。

辑评

　　宋张端义《贵耳集》卷上：且秋词《声声慢》"寻寻觅觅，冷冷清清，凄凄惨惨戚戚"，此乃公孙大娘舞剑手，本朝非无能词之士，未曾有一下十四叠字者，用《文选》诸赋格。后叠又云："梧桐更兼细雨，到黄昏，点点滴滴"，又使叠字，俱无斧凿痕。更有一奇字云："守定窗儿，独自怎生得黑。""黑"字不许第二人押。

　　宋罗大经《鹤林玉露》卷十二：起头连叠七字，以一妇人，能创意出奇如此！

　　明杨慎《词品》卷二：宋人中填词，易安亦称冠绝，使在衣冠，当与秦七、黄九争雄,不独雄于闺阁也……《声声慢》一词,最为婉妙。

清彭孙遹《金粟词话》:用浅俗之语,发清新之思,词意并工,闺情绝调。

清陈廷焯《白雨斋词话》卷七:易安《声声慢》词,张正夫云(见本词"辑评"第一条):此论甚陋。十四叠字,不过造语奇隽耳。词境深浅,殊不在此。执是以论词,不免魔障。

清徐釚《词苑丛谈》卷三:首句连下十四个叠字,真如大珠小珠落玉盘也。

清李佳《左庵词话》卷上:连用十余迭字,此格为清照所创,难得妥帖,毫不牵强。

清万树《词律》卷十:从来此体皆收易安所作,盖其遒逸之气,如生龙活虎,非描塑可拟。

清王闿运《湘绮楼评词》:亦是女郎语,诸家赏其七叠,亦以初见故新,效之则可呕。

梁启超《饮冰室评词》乙卷:此词最得咽字诀,清真不及也。

吕本中　（1084—1145）字居仁，世称东莱先生，寿州（今安徽寿县）人。绍兴六年（1136）赐进士出身。历官中书舍人、权直学士院。曾不顾触怒权臣秦桧，陈述恢复中原大计，并因此罢官。诗受黄庭坚、陈师道影响，在宋代诗坛颇有名气。词不多，颇有思致。有《紫微词》。

采桑子

　　恨君不似江楼月，南北东西，南北东西，只有相随无别离。　　恨君却似江楼月，暂满还亏[①]，暂满还亏，待得团圆是几时？

注释

① 亏：即缺。

辑评

　　明沈际飞《草堂诗余别集》：语语无饰，似女子口授，不由笔写者。情语不在艳而在真，此也。

康与之 (生卒年不详)字伯可,一字叔闻,号顺庵,又号退轩,滑州(今河南滑县)人。南渡后居嘉兴。建炎初,上《中兴十策》,名震一时。后谄事秦桧,为秦门十客之一,以文词待诏宫廷,官至军器监丞。桧死,贬岭南。其词多为应制之作,音律严整。赵万里辑有《顺庵乐府》。

长相思

游西湖

南高峰,北高峰①,一片湖光烟霭中。春来愁杀侬②。 郎意浓,妾意浓,油壁车轻郎马骢③。相逢九里松④。

注释

① "南高峰"二句:西湖边两山峰名。《西湖志》载:"南高峰高一千六百丈,上有塔,晋天福中建。今下级犹存,塔下有小龙井。北高峰石磴数百级,曲折三十六弯,唐天宝中建浮屠七层于顶。"

② 侬:古吴语,为第一人称代词。

③ "油壁"句:古乐府《钱塘苏小歌》:"妾乘油壁车,郎骑青骢马。"骢:毛色青白的骏马。

④ 九里松:在今杭州市灵隐路,起自洪春桥,止于下天竺。《西

湖游览志》卷十《北山胜迹》："九里松,唐刺史袁仁敬守杭,植松以达灵竺,凡九里,左右各三行,每行相去八九尺,苍翠夹道。"

辑评

明杨慎《词品》卷三:盖效和靖(林逋)"吴山青"之调也,二词可谓敌手。

清冯金伯《词苑萃编》卷五:康伯可《长相思》……词意婉约,当与林和靖并佳。

韩元吉 (1118—1187)字无咎,号南涧,许昌(今属河南)人,寓居信州上饶(今属江西)。官至吏部尚书。与张元幹、张孝祥、范成大、陆游、辛弃疾等诗词唱和,风格亦近辛派。有《南涧诗余》。

好事近

汴京赐宴闻教坊乐有感①

凝碧旧池头②,一听管弦凄切。多少梨园声在③,总不堪华发④。   杏花无处避春愁,也傍野烟发。惟有御沟声断⑤,似知人呜咽。

注释

① 汴京赐宴:金人在其"南京"(汴梁)招待南宋使节之宴。《金史·交聘表》:"世宗大定十三年(1173)三月癸巳朔,宋遣礼部尚书韩元吉、利州观察使郑兴裔等贺万春节。"教坊乐,皇家音乐,此指原属宋朝的教坊乐班。

② 凝碧池:位于唐洛阳宫廷之内。计有功《唐诗纪事》载:"安禄山大会凝碧池,梨园弟子欷歔泣下,乐工雷海清掷乐器,西向大恸。贼支解于试马殿。王维时拘于菩提寺,有诗曰:'万户伤心生野烟,百官何日更朝天。秋槐落叶深宫里,凝碧池头

奏管弦。'"

③ 梨园:唐玄宗时按乐之地,主于训练乐队,与太常寺、内外教
坊鼎足而三。

④ 不堪华发:因伤感更觉老迈。

⑤ 御沟:护卫皇宫的河沟。

辑评

梁启超《饮冰室评词》丁卷:麦丈云:当有所刺。

唐圭璋《唐宋词简释》:用笔空灵,意亦沉痛。

俞平伯《唐宋词选释》:下片作意略同杜甫《春望》"感时花
溅泪"。

朱淑真 （生卒年不详）号幽栖居士,钱塘(今浙江杭州)人。善诗词,工绘画,晓音律,才色冠一时。然所适非偶,悒郁寡欢,抱恨而终。有《断肠词》。

减字木兰花

春　怨

独行独坐,独倡独酬还独卧①。伫立伤神,无奈轻寒著摸人②。　　此情谁见,泪洗残妆无一半。愁病相仍,剔尽寒灯梦不成。

注释

① 倡:通"唱"。
② 著摸:撩惹、沾惹。

辑评

清吴衡照《莲子居词话》卷四:朱淑真词"无奈春寒著摸人","著摸"二字,孔平仲、彭汝砺皆用之。

蝶恋花

送春

楼外垂杨千万缕，欲系青春①，少住春还去。犹自风前飘柳絮，随春且看归何处。　　绿满山川闻杜宇②，便做无情，莫也愁人苦。把酒送春春不语，黄昏却下潇潇雨。

注释

① 青春:春天。

② 杜宇:即杜鹃鸟。

辑评

明沈际飞《草堂诗余续集》卷上:朱淑真《闺情》(一作《送春》),满怀妙趣,成片里出。体物无间之言,淡情深感。

清李佳《左庵词话》卷上:情致缠绵,笔底毫无沉闷。

清平乐

夏日游湖

恼烟撩露①，留我须臾住。携手藕花湖上路②，一霎黄梅细雨。　　娇痴不怕人猜，随群暂遣愁怀。
最是分携时候③，归来懒傍妆台。

注释

① 恼：即撩，恼撩互文，引逗、撩拨之意。

② 藕花：即荷花。

③ 分携：分手。

辑评

明卓人月、徐士俊《古今词统》卷四：朱淑真云"娇痴不怕人猜"，便太纵矣。

明赵世杰《古今女史》：姿态横生。

清吴衡照《莲子居词话》卷二：易安"眼波才动被人猜"，矜持得妙；淑真"娇痴不怕人猜"，放诞得妙。均善于言情。

陆游 （1125—1210）字务观，号放翁，越州山阴（今浙江绍兴）人。南宋诗坛最著名的诗人之一，有"小李白"之称。词如其诗，充满爱国内容和恬淡之意。有《放翁词》。

钗头凤

红酥手①，黄縢酒②。满城春色宫墙柳。东风恶，欢情薄。一怀愁绪，几年离索③。错，错，错！

春如旧，人空瘦。泪痕红浥鲛绡透④。桃花落，闲池阁。山盟虽在，锦书难托⑤。莫，莫，莫！

注释

① 红酥：指肤色红润如酥油一样细腻。

② 黄縢酒：即黄封酒。宋时官家酿酒以黄纸封口。

③ 离索：离散。

④ 红浥：红，红泪，指泪水浸润胭脂而红。浥，沾湿。鲛绡：传说中鲛人所织之绡。南朝梁任昉《述异记》："南海出鲛绡纱，泉先（指鲛人）潜织，一名龙纱。其价百余金。以为服，入水不濡。"

⑤ 锦书：书信。用前秦窦滔妻苏蕙用锦织成回文诗赠丈夫故事。见《晋书·列女传》。

辑评

宋周密《齐东野语》卷一：陆务观初娶唐氏，闳之女也。于其母夫人为姑侄，伉俪相得而弗获于其姑。既出而未忍绝之，则为别馆，时时往焉。姑知而掩之，虽先知挈去，然事不得隐，竟绝之，亦人伦之变也。唐后改适同郡宗子士程。尝以春日出游，相遇于禹迹寺南之沈氏园。唐以语赵，遣致酒肴。翁怅然久之，为赋《钗头凤》一词题园壁间……实绍兴乙亥岁也。翁居鉴湖之三山，晚岁每入城，必登寺眺望，不能胜情。

清贺裳《皱水轩词筌》：每见后人喜用此调，率无佳者。难于三叠字，不牵凑耳。

清陈廷焯《白雨斋词话》卷六："山盟虽在，锦书难托。莫莫莫"，放翁伤其妻之作也。"不合画春山，依旧留愁住"，放翁妾别放翁词也。前则迫于其母而出其妻，后又迫于后妻而不能庇一妾。何所遭之不偶也！至两词皆不免于怨，而情自可哀。

赵长卿 (生卒年不详)宋宗室,居南丰(今属江西),自号仙源居士。有《惜香乐府》。

临江仙

暮 春

过尽征鸿来尽燕,故园消息茫然①。一春憔悴有谁怜?怀家寒食夜,中酒落花天②。　　见说江头春浪渺,殷勤欲送归船。别来此处最萦牵。短篷南浦雨,疏柳断桥烟③。

注释

① 故园:此指词人在汴京的故居。

② "怀家"二句:化用杜牧《睦州四韵》"残春杜陵客,中酒落花前"句意。

③ 断桥:在杭州西湖白堤东端。

辑评

俞陛云《唐五代两宋词选释》:上下阕结句皆能情寓景中。《惜香集》中和雅之音也。

辛弃疾 （1140—1207）字幼安，号稼轩，历城（今属山东济南）人。二十一岁参加耿京的抗金义军，为掌书记，不久投归南宋，先后在江西、湖北、湖南、福建、浙东等地担任地方官，因积极主张抗金遭主和派疑忌，免官闲居达二十年之久。其词多表现英雄报国之怀与沉痛失志之情，风格沉雄豪壮，于唐宋诸大家外，别树一帜。有《稼轩长短句》。

摸鱼儿

淳熙己亥，自湖北漕移湖南，同官王正之置酒小山亭，为赋①。

更能消、几番风雨，匆匆春又归去。惜春长怕花开早，何况落红无数。春且住。见说道、天涯芳草无归路。怨春不语。算只有，殷勤画檐蛛网，尽日惹飞絮②。　　长门事，准拟佳期又误。蛾眉曾有人妒。千金纵买相如赋，脉脉此情谁诉③。君莫舞，君不见、玉环飞燕皆尘土④！闲愁最苦。休去倚危栏，斜阳正在、烟柳断肠处。

注释

① 淳熙己亥：即宋孝宗淳熙六年（1179），该年作者由湖北转运

副使调任湖南转运副使。漕：漕司的简称，掌管钱粮的官。宋代称转运使为漕司。

② "算只有"三句：意谓只有画檐下的蜘蛛殷勤地结网，去粘住纷飞的柳絮，力图留住春色。

③ "长门事"五句：据《文选·长门赋序》载，陈皇后因得幸于汉武帝而遭妒，后失宠幽居长门宫，闻司马相如善文，便以千金请司马相如作《长门赋》。武帝读后感悟，再度宠之。

④ 玉环：杨贵妃小名。飞燕：赵飞燕，汉成帝皇后。两人均以善舞和善妒著称，并都死于非命。

辑评

宋罗大经《鹤林玉露》甲编卷一：使在汉唐时，宁不贾种豆种桃之祸哉！愚闻寿皇见此词，颇不悦，然终不加罪，可谓至德也已。

明卓人月、徐士俊《古今词统》卷十五：稼轩中年被劾凡十，此章自况。

清许昂霄《词综偶评》："春且住"二句，是留春之辞。结句即义山"夕阳无限好，只是近黄昏"之意。"斜阳"以喻君也。

清黄苏《蓼园词评》：辞意似过于激切。第南渡之初，危如累卵。"斜阳"句，亦危言耸听之意耳。持重者多危词，赤心人少甘语，亦可以谅其志哉！

清陈廷焯《白雨斋词话》卷六：稼轩词，于雄莽中别饶隽味。如……"休去倚危栏，斜阳正在，烟柳断肠处"，多少曲折。惊雷怒涛中，时见和风暖日。所以独绝古今，不容人学步。

清谭献《谭评词辨》：权奇倜傥，纯用太白乐府诗法。

清李佳《左庵词话》卷上：辛稼轩词，慷慨豪放，一时无两，为词家别调。集中多寓意作，如《摸鱼儿》云（略）此类其多，皆为北狩南渡而言。以是见词不徒作，岂仅批风咏月。

清沈祥龙《论词随笔》：感时之作，必借景以形之。如稼轩云："算只有殷勤，画檐蛛网，尽日惹飞絮。"……不言正意，而言外有无穷感慨。

清王闿运《湘绮楼评词》：亡国之音，不为讽刺。

陈洵《海绡说词》：时稼轩南归十八年矣，《应问》三篇、《美芹十论》以讲和方定议，不行。佳期之误，谁误之乎？读公词，为之三叹。寓幽咽怨断于浑灏流转中，此境亦惟公有之，他人不能为也。然苟于此中求索消息，而以不似学之，则亦何不可学之有。

梁启超《饮冰室评词》丙卷：回肠荡气，至于此极！前无古人，后无来者。

刘永济《唐五代两宋词简析》：此词颇似屈子《离骚》，盖谗谄害朋，贤人失志，为古今所同慨也。

菩萨蛮

书江西造口壁①

郁孤台下清江水②，中间多少行人泪。西北望长

菩萨蛮（郁孤台下清江水）

安③，可怜无数山。　　青山遮不住，毕竟东流去。江晚正愁予，山深闻鹧鸪④。

注释

① 此词作于淳熙三年(1176)作者任江西提点刑狱时。造口：一名皂口，在今江西万安西南。宋罗大经《鹤林玉露》甲编卷一记："南渡之初，虏人追隆祐太后御舟至造口，不及而还。"

② 郁孤台：在今江西赣州市西北。清江：指赣江。

③ 长安：此指北宋都城汴京。

④ 鹧鸪：鸟名，鸣声凄切，叫声似"行不得也哥哥"。

辑评

明卓人月、徐士俊《古今词统》卷五：忠愤之气，拂拂指端。

清许昂霄《词综偶评》：此词寓意，《鹤林玉露》言之最当。

清周济《宋四家词选》：惜水怨山。

清陈廷焯《白雨斋词话》卷一：用意用笔，洗脱温、韦殆尽，然大旨正见吻合。

清谭献《谭评词辨》：宕逸中亦深炼。

梁启超《饮冰室评词》丙卷：《菩萨蛮》如此大声镗鞳，未曾见也。

俞陛云《唐五代两宋词选释》：词仅四十四字，举怀人恋阙，望远思归，悉纳其中，而以清空出之，复一气旋折，深得唐贤消息。集中之高格也。

祝英台近

晚 春

宝钗分[1]，桃叶渡[2]，烟柳暗南浦。怕上层楼，十日九风雨。断肠片片飞红，都无人管，更谁劝、啼莺声住。　　鬓边觑，试把花卜归期[3]，才簪又重数。罗帐灯昏，哽咽梦中语：是他春带愁来，春归何处？却不解、带将愁去。

注释

① 宝钗分：指别离时分钗留赠为古人赠别习俗。
② 桃叶渡：渡口名，在今江苏南京秦淮河与青溪合流处，相传东晋王献之与妾桃叶曾在此分别，故称。
③ 花卜归期：以花瓣的多少，占行人归来的日期。

辑评

宋魏庆之《诗人玉屑》卷二十一：风流妩媚，富于才情，若不类其为人矣……盖其天才既高，如李白之圣于诗，无适而不宜，故能如此。

宋张炎《词源》卷下：皆景中带情，而存骚雅。故其燕酣之乐，别离之愁，回文题叶之思，岘首西州之泪，一寓于词。若能屏去浮艳，乐而不淫，是亦汉魏乐府之遗意。

清沈谦《填词杂说》：稼轩词以激扬奋厉为工，至"宝钗分，桃叶渡"一曲，昵狎温柔，魂销意尽，才人伎俩，真不可测。昔人论画云：能寸人豆马，可作千丈松，知言哉。

清谭献《谭评词辨》卷二："断肠"三句，一波三折。末三句，托兴深切，亦非全用直笔。

又：此闺怨词也。史称稼轩人材大类温峤、陶侃。周益公等抑之，为之惜，此必有所托而借闺怨以抒其志乎？

清李佳《左庵词话》卷上：辛稼轩词，慷慨豪放，一时无两，为词家别调。集中多寓意作……又如"怕上层楼，十日九风雨。断肠点点飞红，都无人管，更谁劝、流莺声住"……此类甚多，皆为北狩南渡而言。以是见词不徒作，岂仅批风咏月。

清沈祥龙《论词随笔》：词贵愈转愈深。稼轩云："是他春带愁来，春归何处，却不解带将愁去。"……下句即从上句转出，而意更深远。

青玉案

元　夕

东风夜放花千树①。更吹落，星如雨。宝马雕车香满路。凤箫声动，玉壶光转②，一夜鱼龙舞③。　　　蛾儿雪柳黄金缕④，笑语盈盈暗香去。众里寻他千百度。蓦然回首，那人却在，灯火阑珊处⑤。

注释

① 花千树：形容花灯之盛。唐苏味道《正月十五夜》："火树银花合，星桥铁锁开。"

② 玉壶：喻月亮。

③ 鱼龙舞：指舞鱼灯、龙灯之类。

④ 蛾儿雪柳黄金缕：三件都是当时妇女头上所戴饰物。

⑤ 阑珊：稀落。

辑评

清彭孙遹《金粟词话》：辛稼轩"蓦然回首，那人却在，灯火阑珊处"，秦、周之佳境也。

清陈廷焯《词则·大雅集》：艳语亦以气行之，是稼轩本色。

清谭献《谭评词辨》卷二：稼轩心胸，发其才气，改之（刘过）而下则犷，何尝不和婉。起二句赋色瑰异。

梁启超《饮冰室评词》丙卷：自怜幽独，伤心人别有怀抱。

王国维《人间词话》：古今之成大事业、大学问者，必经过三种之境界……"众里寻他千百度，回头蓦见，那人正在，灯火阑珊处"，此第三境也。然遽以此意解释诸词，恐为晏欧诸公所不许也。

贺新郎

别茂嘉十二弟①

绿树听鹈鴂②，更那堪、鹧鸪声住，杜鹃声切。啼到春归无寻处，苦恨芳菲都歇③。算未抵、人间离别。马上琵琶关塞黑④，更长门、翠辇辞金阙⑤。看燕燕，送归妾⑥。　　将军百战身名裂。向河梁、回头万里，故人长绝⑦。易水萧萧西风冷，满座衣冠似雪。正壮士、悲歌未彻⑧。啼鸟还知如许恨，料不啼清泪长啼血。谁共我，醉明月？

注释

① 茂嘉：人名，辛弃疾族弟。

② 鹈鴂(tí jué)：指伯劳鸟。

③ 芳菲：花草，此指春日花朵。

④ 马上琵琶：王昭君出塞嫁匈奴事。石崇《王明君辞序》："昔公主嫁乌孙，令琵琶马上作乐，以慰其道路之思。其送明君(即昭君)，亦必尔也。"

⑤ 长门：指陈皇后失宠于汉武帝后，黜居长门宫。金阙：皇帝所居宫殿。

⑥ "看燕燕"二句：《诗经·邶风》有《燕燕》诗，据说是卫庄公妻

庄姜送庄公妾戴妫时所作，诗有"之子于归，远送于野。瞻望弗及，涕泣如雨"等语。

⑦ "将军"三句：将军，指汉代李陵。李陵抗击匈奴，身经百战，最后势穷投降，身败名裂。相传李陵在匈奴送别苏武归汉时作有"携手上河梁"、"长当从此别"等诗句。

⑧ "易水"三句：战国时燕太子丹在易水边送荆轲入秦行刺秦始皇，送行者都穿戴白衣冠，荆轲临行唱道："风萧萧兮易水寒，壮士一去兮不复还。"

辑评

宋陈模《怀古录》卷中：此词尽集许多怨事，全与太白《拟恨赋》手段相似。

明卓人月、徐士俊《古今词统》卷十六：稼轩尝以辛字为题，自写辛苦之致。此篇字字露辛露酸，烟溃霭聚，尤难为怀。

清许昂霄《词综偶评》：上三项说妇人，此二项言男子。中间不叙正位，却罗列古人许多离别，如读文通《别赋》，亦创格也。悲壮。

清周济《宋四家词选》：上片，北都旧恨；下片，南渡新恨。

梁启超《饮冰室评词》丙卷：《贺新郎》调以第四韵之单句为全首筋节，如此最可学。

王国维《人间词话》：章法绝妙，且语语有境界，此能品而几于神者。然非有意为之，故后人不能学也。

念奴娇

书东流村壁①

野棠花落，又匆匆过了，清明时节，划地东风欺客梦②，一枕云屏寒怯③。曲岸持觞，垂杨系马，此地曾轻别。楼空人去，旧游飞燕能说④。　　闻道绮陌东头⑤，行人曾见，帘底纤纤月⑥。旧恨春江流不尽，新恨云山千叠。料得明朝，尊前重见⑦，镜里花难折⑧。也应惊问，近来多少华发？

注释

① 此词作于宋孝宗乾道初(1165—1167)，时稼轩江阴签判任满，漫游吴越。东流：旧县名，在今安徽南部江边，今与至德县合并为东至县。

② 划地：依旧、照样。

③ 云屏：镶嵌云母的屏风。

④ "楼空"二句：化用苏轼《永遇乐》(夜宿燕子楼梦盼盼)"燕子楼空，佳人何在，空锁楼中燕"词意。

⑤ 绮陌：繁华的道路。

⑥ "帘底"句：谓窥见帘底美人纤足。刘过《沁园春·咏美人足》以月比足云："知何似，似一钩新月，浅碧笼云。"

⑦ 尊前:筵前。

⑧ 镜里花:虚幻现象,喻不可获得。

辑评

　　清陈廷焯《云韶集》卷五:起笔愈直愈妙,不减清真,而俊快过之。

　　又《白雨斋词话》卷六:悲壮中见浑厚,后之狂呼叫嚣者,动托苏辛,真苏辛之罪人也。

　　清谭献《谭评词辨》卷二:大踏步出来,眉山同工异曲。然东坡是衣冠伟人,稼轩则弓刀游侠。"楼空"二句,当识其俊逸清新兼之故实。

　　梁启超《饮冰室评词》丙卷:此南渡之感。

　　俞陛云《两宋词选释》:客途遇艳,瞥眼惊鸿,村壁醉题,旧游回首,乃赋此闲情之曲……以幼安之健笔,此曲化为绕指柔矣。

章良能　(? —1214) 字达之,丽水(今属浙江)人。宋孝宗淳熙五年
(1178)进士。宁宗朝先后任枢密院编修官、直学士院、御史中丞等职,官至
参知政事。有《嘉林集》一百卷,今不传。存词一首。

小重山

　　柳暗花明春事深。小阑红芍药,已抽簪①。雨余
风软碎鸣禽②。迟迟日,犹带一分阴。　　往事莫沉
吟。身闲时序好,且登临。旧游无处不堪寻。无寻
处,惟有少年心。

注释

① 抽簪:含苞。簪本为女子头饰,因状如花苞,故称。

② 碎鸣禽:指鸟雀声之纷繁。

辑评

　　明陈霆《渚山堂词话》卷二:语意甚婉约,但鸣禽曰碎,于理
不通,殊为意病。唐人句云:“风暖鸟声碎。”然则何不曰:“暖风
娇鸟碎鸣音”也?

　　唐圭璋《唐宋词简释》:此首上景下情,作法明晰,意致清婉。

起言春深花发,次言雨后鸟鸣。"风软碎鸣禽",用杜荀鹤"风暖鸟声碎"诗。换头,抒及时行乐之意。"旧游"两句,以转笔作收,倍觉沉痛。

张镃 (1153—1211)字功甫,原字时可,号约斋。南宋初大将张俊之后,原籍陕西,后居杭州南湖。历官大理司直、直秘阁通判婺州、司农寺主簿、司农寺丞。嘉定四年(1211)坐罪除名,编管象州,卒于贬所。工词,尝与姜夔游,又曾学诗于陆游。家蓄歌妓以唱其词,园池声伎服玩之丽甲于天下。有《南湖集》、《玉照堂词》。

满庭芳

促织儿①

月洗高梧,露泻幽草②,宝钗楼外秋深。土花沿翠③,萤火坠墙阴。静听寒声断续,微韵转④,凄咽悲沉。争求侣,殷勤劝织,促破晓机心⑤。　　儿时,曾记得,呼灯灌穴,敛步随音⑥。任满身花影,犹自追寻。携向华堂戏斗,亭台小,笼巧妆金⑦。今休说,从渠床下,凉夜伴孤吟⑧。

注释

① 据姜夔《齐天乐序》:"丙辰岁,与张功父会饮张达可之堂,闻屋壁间蟋蟀有声。功父约余同赋,以授歌者。功父先成,辞甚美。"所述即此词。促织儿:蟋蟀。

② 露溥(tuán):露很多的样子。《诗·郑风·野有蔓草》:"野有蔓草,零露溥兮。"

③ 土花:青苔,苔藓。

④ 微韵:细约的声音。

⑤ 劝织:陆玑《毛诗草木虫鱼鸟兽疏》:"里语曰:趣(同促)织鸣,懒妇惊。"蟋蟀鸣则天气转凉,敦促思妇早制寒衣。故云"促破晓机心"。

⑥ 敛步:放慢脚步。

⑦ 笼巧妆金:谓蟋蟀笼子制作精巧,饰以黄金。

⑧ 从渠:听随它。渠,他。

辑评

宋周密:张功甫,西秦人,其"月洗高梧"一阕,乃咏物之入神者。(《历代诗余》卷七引)

清贺裳《皱水轩词筌》:不惟曼声胜其高调,兼形容处心细如丝发,皆姜词之所未发。

清郑文焯校本《白石道人歌曲》:清隽幽美,实擅词家能事,有观止之叹。

姜夔 (1155? —1221?) 字尧章,自号白石道人,鄱阳(今江西波阳) 人。工诗词,善翰墨,尤精通乐律。庆元三年(1197)曾进献《大乐议》、《琴瑟考古图》,因受太常乐官嫉妒而未用,举进士不第。往来于苏、杭、扬、淮诸名流公卿、雅士骚人之间,过着清客的生活,以布衣终身。有词集《白石道人歌曲》,存词八十四首。

点绛唇

丁未冬过吴松作①

燕雁无心②,太湖西畔随云去。数峰清苦③,商略黄昏雨④。　　第四桥边⑤,拟共天随住⑥。今何许?凭阑怀古,残柳参差舞。

注释

① 宋孝宗淳熙十四年丁未(1187)冬,词人从湖州往苏州见范成大,道经吴松(今江苏吴江),心仪曾在此地隐居的晚唐诗人陆龟蒙,乃作此词。

② 燕雁:可释为燕子与大雁,或燕地来的雁。冬天无雁,更无燕,故可看作"托物起兴"之辞。

③ 清苦:状山之荒寒、寂寥。

④ 商略:原为商讨之意,此作酝酿解。

⑤ 第四桥:指吴江城外甘泉桥,以泉水被品评为天下第四而得名。见乾隆《苏州府志》。

⑥ 天随:晚唐诗人陆龟蒙,号天随子,晚年隐居松江甫里。

辑评

明卓人月、徐士俊《古今词统》:"商略"二字诞妙。

清陈廷焯《白雨斋词话》卷二:通首只写眼前景物,至结处云"今何许? 凭栏怀古,残柳参差舞",感时伤事,只用"今何许"三字提唱,"凭栏怀古"以下,仅以"残柳"五字咏叹了之。无穷哀感,都在虚处。令读者吊古伤今,不能自止,洵推绝调。

王国维《人间词话》:"数峰清苦,商略黄昏雨"……虽格韵高绝,然如雾里看花,终隔一层。

俞陛云《唐五代两宋词选释》:欲雨而待"商略","商略"而在"清苦"之"数峰",乃词人幽渺之思。白石泛舟吴江,见太湖西畔诸峰,阴沉欲雨,以此二句状之。"凭阑"二句其言往事烟消,仅余残柳耶? 抑谓古今多少感慨,而垂柳无情,犹是临风学舞耶? 清虚秀逸,悠然骚雅遗音。

踏莎行

自沔东来,丁未元日至金陵,江上感梦而作①
燕燕轻盈, 莺莺娇软②, 分明又向华胥见③。夜长争得薄情知？春初早被相思染。　　别后书辞，别时针线，离魂暗逐郎行远。淮南皓月冷千山④，冥冥归去无人管。

注释

① 沔：州名，今湖北汉阳。丁未：宋孝宗淳熙十四年(1187)。

② "燕燕"二句：喻恋人体态如燕子轻盈，声音如黄莺娇软。旧时常以莺莺、燕燕比女子或歌妓。

③ 华胥：指梦境。《列子·黄帝》："黄帝昼寝而梦，游于华胥之国。"

④ 淮南：今安徽合肥一带。

辑评

王国维《人间词话·删稿》：白石之词，余所最爱者，亦仅二语："淮南皓月冷千山，冥冥归去无人管。"

齐天乐

丙辰岁，与张功父会饮张达可之堂，闻屋壁间蟋蟀有声。功父约予同赋，以授歌者。功父先成，辞甚美。予裴回茉莉花间，仰见秋月，顿起幽思，寻亦得此。蟋蟀,中都呼之促织,善斗。好事者或以三二十万钱致一枚,镂象齿为楼观以贮之①。

庾郎先自吟愁赋②,凄凄更闻私语。露湿铜铺③,苔侵石井,都是曾听伊处。哀音似诉,正思妇无眠,起寻机杼。曲曲屏山,夜凉独自甚情绪。西窗又吹暗雨。为谁频断续,相和砧杵④。候馆迎秋⑤,离宫吊月⑥,别有伤心无数。豳诗漫与⑦。笑篱落呼灯,世间儿女。写入琴丝,一声声更苦⑧。

注释

① 丙辰:宋宁宗庆元二年(1196)。张功父:张镃,字功父,宋名将张俊后代。张达可:不详。裴回:同"徘徊"。中都:指北宋都城汴京。

② 庾郎:即北周庾信,曾作《愁赋》。

③ 铜铺:门上铸有兽面的铜环底座。

④ 砧杵:捣衣声。

⑤ 候馆:驿馆,旅馆。

⑥ 离宫:皇帝的行宫。

⑦ 豳(bīn)诗:《诗·豳风·七月》中有"十月蟋蟀入我床下"句。

⑧ "写入"二句:作者自注:"宣政间,有士大夫制《蟋蟀吟》。"

辑评

宋张炎《词源》卷下：此皆全章精粹，所咏了然在目，且不留滞于物。

明杨慎《词品》之四：姜夔……其间高处有周美成不能及者……其咏蟋蟀《齐天乐》一词最胜。

清刘熙载《艺概》：白石《齐天乐》赋蟋蟀，令作评语者，亦曰："似花还似非花。"

清许昂霄《词综偶评》：将蟋蟀与听蟋蟀者层层夹写，如环无端，真化工之笔也。

清陈廷焯《白雨斋词话》卷二：全篇皆写怨情，独后半云："笑篱落呼灯，世间儿女。"以无知儿女之乐，反衬出有心人之苦，最为入妙。用笔亦别有神味，难以言传。

清陈锐《袌碧斋词话》：古人文字，难可吹求，尝谓杜诗"国初以来画马"句，何能着一"鞍"字，此等处绝不通也。词句尤甚，姜尧章《齐天乐》咏蟋蟀，最为有名，然开口便说"庾郎"、"愁赋"，捏造故典。"邠（豳）诗"四字，太觉呆诠。至"铜铺"、"石井"，"候馆"、"离宫"，亦嫌重复。

清沈祥龙《论词随笔》：词中虚字，犹曲中衬字，前呼后应，仰承俯注，全赖虚字灵活，其词始妥溜而不板实。不特句首虚字宜讲，句中虚字亦当留意。如白石词云"庾郎先自吟愁赋，凄凄更闻私语"，"先自"、"更闻"，互相呼应，余可类推。

念奴娇

予客武陵,湖北宪治在焉。古城野水,乔木参天。予与二三友日荡舟其间,薄荷花而饮,意象幽闲,不类人境。秋水且涸,荷叶出地寻丈,因列坐其下,上不见日,清风徐来,绿云自动。间于疏处窥见游人画船,亦一乐也。揭来吴兴,数得相羊荷花中。又夜泛西湖,光景奇绝。故以此句写之①。

闹红一舸,记来时、尝与鸳鸯为侣。三十六陂人未到②,水佩风裳无数③。翠叶吹凉,玉容销酒④,更洒菰蒲雨⑤。嫣然摇动,冷香飞上诗句。　　日暮。青盖亭亭⑥,情人不见,争忍凌波去⑦?只恐舞衣寒易落,愁入西风南浦。高柳垂阴,老鱼吹浪,留我花间住。田田多少⑧,几回沙际归路。

注释

① 武陵:今湖南常德。湖北宪治:湖北提点刑狱的官署。薄:靠近。揭(qiè)来:来到。揭,发语词。相羊:徜徉,徘徊。

② 三十六陂:极言水塘之多。陂,水塘。

③ 水佩风裳:犹水面荷花。语本唐李贺《苏小小墓》诗:"风为裳,水为珮。"珮,同佩。

④ 玉容销酒:荷花微红之色,以美人脸上酒意未消之红晕为喻。

⑤ 菰蒲:菰和蒲,均为水生草本植物。

⑥ 青盖亭亭:荷叶如绿色伞盖亭亭耸立。

⑦ 凌波:形容女子步履轻盈。

⑧ 田田:荷叶相连貌。古乐府诗《江南》中有:"江南可采莲,莲叶何田田。"

辑评

梁启超《饮冰室评词》丁卷:麦丈云:俊语。

王国维《人间词话》:犹有隔雾看花之恨。

俞陛云《唐五代两宋词选释》:此调工于发端。"闹红"四字,花与人皆在其中。以下三句咏荷及赏荷之人,皆从空际着想。"翠叶"三句略点正面。接以"嫣然"二句,诗意与花香俱摇漾于水烟渺雾之中。下阕怀人而兼惜花,低回不去,而留客赏荷者,托诸"柳阴"、"鱼浪",仍在空处落笔。通首如仙人行空,足不履地,宜叔夏读之"神观飞越"也。

扬州慢

淳熙丙申至日,予过维扬,夜雪初霁,荠麦弥望。入其城,则四顾萧条,寒水自碧。暮色渐起,戍角悲吟。

予怀怆然,感慨今昔,因自度此曲。千岩老人以为有《黍离》之悲也①。

淮左名都②,竹西佳处③,解鞍少驻初程。过春风十里④,尽荠麦青青。自胡马窥江去后⑤,废池乔木,犹厌言兵。渐黄昏,清角吹寒,都在空城。杜郎俊赏⑥,算而今、重到须惊。纵豆蔻词工⑦,青楼梦好⑧,难赋深情。二十四桥仍在⑨,波心荡、冷月无声。念桥边红药⑩,年年知为谁生。

注释

① 绍兴三十一年(1161),金人南侵,兵败采石,遂移军扬州烧杀掳掠,致使这座繁华都会顿为荠麦丛生之空城。时隔十五年,姜夔过扬州,仍是一片衰败的景象。淳熙丙申至日:宋孝宗淳熙三年(1176)冬至日。维扬:即扬州。荠麦:野生的麦了。戍角:军营的号角。千岩老人:南宋诗人萧德藻,自号千岩老人。作者是其侄女婿。《黍离》:《诗经·王风》篇名。诗中感慨故都荒废,宫殿遗址禾黍丛生,进而悲慨西周覆亡。

② 淮左:宋时在淮扬一带设置淮南东路和淮南西路,淮南东路亦称"淮左"。

③ 竹西:竹西亭,位于扬州城东禅智寺旁。

④ 春风十里:形容曾经十分繁华的扬州街道。杜牧《赠别》诗有

扬州慢（淮左名都）

"春风十里扬州路"之句。

⑤ 胡马窥江:指金兵于宋高宗建炎三年(1129)和绍兴三十一年(1161)两次南侵,占领扬州等地。

⑥ 杜郎:唐诗人杜牧,游赏扬州时写过不少赞美扬州的诗篇。

⑦ "豆蔻"句:杜牧《赠别》诗有"娉娉袅袅十三余,豆蔻梢头二月初"之句。

⑧ 青楼梦好:杜牧《遣怀》诗有"十年一觉扬州梦,赢得青楼薄倖名"之句。

⑨ 二十四桥:桥名,旧址在今扬州西郊。

⑩ 红药:即芍药花。

辑评

宋张炎《词源》卷下:《扬州慢》……不唯清空,又且骚雅,读之使人神观飞越。

清陈廷焯《白雨斋词话》卷二:数语写尽兵燹后情景逼真;"犹厌言兵"四字,包括无限伤乱语,他人累千百言,亦无此韵味。

清先著、程洪《词洁》:"无奈苕溪月,又唤我扁舟东下",是"唤"字着力。"二十四桥仍在,波心荡,冷月无声",是"荡"字着力。所谓一字得力,通首光采,非炼字不能,然炼字亦未易到。

清陈锐《袌碧斋词话》:古人文字,难可吹求,尝谓杜诗"国初以来画马"句,何能着一"鞍"字,此等处绝不通也。词句尤甚,姜尧章……其《扬州慢》"纵豆蔻词工"三句,语意亦不贯。

王国维《人间词话》：白石写景之作，如"二十四桥仍在，波心荡，冷月无声"……虽格调高绝，然如雾里看花，终隔一层。

长亭怨慢

予颇喜自制曲，初率意为长短句，然后协以律，故前后阕多不同。桓大司马云："昔年种柳，依依汉南；今看摇落，凄怆江潭；树犹如此，人何以堪！"①此语予深爱之。

渐吹尽、枝头香絮，是处人家，绿深门户。远浦萦回，暮帆零乱向何许？阅人多矣，谁得似，长亭树。树若有情时，不会得、青青如此。　　日暮，望高城不见，只见乱山无数。韦郎去也，怎忘得、玉环分付②。第一是、早早归来，怕红萼、无人为主③。算空有并刀④，难剪离愁千缕。

注释

① 桓大司马：即晋代大司马桓温。以下所引"昔年种柳"六句，均出庾信《枯树赋》而非桓温所言。

② "韦郎"二句:据《云溪友议》载,唐韦皋游江夏,与青衣侍女玉
  箫有情,临别留玉指环一枚,约定五年或七年来娶。后八年
  不至,玉箫绝食而死。多年后韦得一歌姬,酷似玉箫,中指肉
  隐如玉环。
③ 红萼:此处喻指少女。
④ 并刀:并州(今山西太原)所产剪刀,以锋利著名。

辑评

清先著、程洪《词洁》:"时"字凑,"不会得"三字呆,"韦郎"二
句,口气不雅;"只"字疑误,"只"字唤不起"难"字。白石人工熔
炼特甚,此一二笔容是率处。

清陈廷焯《词则》卷三:哀怨无端,无中生有,海枯石烂之情。

又《白雨斋词话》卷八:白石《长亭怨慢》:"阅人多矣,谁得
似,长亭树。树若有情时,不会得青青如此。"白石诸词唯此数语
最沉痛迫烈。

清孙麟趾《词径》:路已尽而复开出之,谓之转。如:"谁得
似,长亭树。树若有情时,不会得青青如此。"

清陈锐《裒碧斋词话》:姜白石《长亭怨慢》云:"树若有情时,
不会得青青如此。"……似觉轻俏可喜,细读之毫无理由。所以
词贵清空,尤贵质实。

梁启超《饮冰室评词》丁卷:麦丈云:浑灏流转,夺胎稼轩。

淡黄柳

　　客居合肥南城赤阑桥之西，巷陌凄凉，与江左异，唯柳色夹道，依依可怜。因度此阕，以纾客怀①。

　　空城晓角，吹入垂杨陌。马上单衣寒恻恻②。看尽鹅黄嫩绿，都是江南旧相识。　　正岑寂。明朝又寒食。强携酒，小桥宅③，怕梨花落尽成秋色。燕燕飞来，问春何在，唯有池塘自碧。

注释

① 此词写客居合肥情怀，作于宋光宗绍熙二年(1191)。赤阑桥：朱漆栏杆之桥。

② 恻恻：轻微寒凉的样子。

③ 小桥宅：指所恋情侣住处。"小桥"本指三国时吴地美人，嫁周瑜，亦作"小乔"。

辑评

　　谭献《谭评词辨》：白石、稼轩，同音笙磬，但清脆与镗鞳异响，此事自关性分。

　　清王闿运《湘绮楼评词》："空城晓角"，亦以眼前语。妙！

暗　香

辛亥之冬，予载雪诣石湖。止既月，授简索句，且征新声，作此两曲。石湖把玩不已，使工妓隶习之，音节谐婉，乃名之曰《暗香》、《疏影》①。

旧时月色，算几番照我，梅边吹笛。唤起玉人②，不管清寒与攀摘。何逊而今渐老③，都忘却、春风词笔。但怪得、竹外疏花，香冷入瑶席。　　江国④。正寂寂。叹寄与路遥，夜雪初积。翠尊易泣⑤，红萼无言耿相忆⑥。长记曾携手处，千树压、西湖寒碧。又片片、吹尽也，几时见得。

注释

① 辛亥：宋光宗绍熙二年(1191)。石湖：范成大，晚年隐居苏州西南石湖，自号石湖居士。征新声：征求新的词调。工妓：乐工和歌女。隶习：学习。

② 玉人：美人。

③ 何逊：南朝梁诗人，在扬州曾作《咏早梅》诗甚有名。

④ 江国：水乡。

⑤ 翠尊：碧绿的酒杯，指酒。

⑥ 红萼：红梅。耿：心怀不安的样子。

辑评

宋张炎《词源》卷下：此数词皆清空中有意趣，无笔力者未易到。

清先著、程洪《词洁》：（姜夔）落笔得"旧时月下"四字，便欲使千古作者皆出其下。咏梅嫌纯是素色，故用"红萼"字，此谓之破色笔。又恐突然，故先出"翠尊"字配之。说来甚浅，然大家亦不外此。用意之妙，总使人不觉，则烹锻之工也。美成《花怨》云："人正在、空江烟浪里。"尧章云："长忆曾携手处，千树压、西湖寒碧。"尧章思路，却是从美成出，而能与之埒，由于用字高，炼句密，泯其来踪去迹矣。

清谭献《谭评词辨》卷二：石湖咏梅，是尧章独到处。"翠尊"二句，深美有《骚》、《辨》意。

清李佳《左庵词话》卷上：白石笔致骚雅，非他人所及，最多佳作。石湖咏梅二词，尤为空前绝后，独有千古……清虚婉约，用典亦复不涉呆相。风雅如此老，倩小红低唱，吹箫和之，洵无愧色。

清王闿运《湘绮楼评词》：如此起法，即不是咏梅矣。此二词最有名，然语高品下，以其贪典故也。

清周济《宋四家词选》：前半阕言盛时如此，衰时如此；后半阕想其盛时，想其衰时。

王国维《人间词话》：咏物之词，自以东坡《水龙吟》为最工，邦卿《双双燕》次之。白石《暗香》、《疏影》，格调虽高，然无一语道着，视古人"江边一树垂垂发"等句何如耶？

俞陛云《唐五代两宋词选释》：今寻绎《暗香》词意，乃发怀旧之思，而托诸美人香草。起笔"旧时月色"句已标明本旨，"何逊渐老"二句有"同学少年多不贱，五陵裘马自轻肥"之慨，通篇一往情深。

疏　影

苔枝缀玉①，有翠禽小小，枝上同宿②。客里相逢，篱角黄昏，无言自倚修竹③。昭君不惯胡沙远，但暗忆、江南江北。想佩环、月夜归来，化作此花幽独④。　　犹记深宫旧事，那人正睡里，飞近蛾绿⑤。莫似春风，不管盈盈⑥，早与安排金屋⑦。还教一片随波去，又却怨、玉龙哀曲⑧。等恁时、重觅幽香⑨，已入小窗横幅。

注释

① 苔枝：此指长满苔藓的梅枝。

② "有翠禽"二句：据《龙城录》载，隋代赵师雄行经罗浮山，于梅林中遇一美人，与之对饮，又有一绿衣童子笑歌戏舞。师雄醉卧醒来，见枝上有翠禽相顾。原来美人是梅花神，绿衣童

219

子为翠鸟幻化。

③ "无言"句:暗用杜甫《佳人》"天寒翠袖薄,日暮倚修竹"诗意。

④ "昭君"四句:用杜甫《咏怀古迹》之三"画图省识春风面,环佩空归月夜魂"诗意。佩环:此代指王昭君。

⑤ "犹记"三句:用宋武帝女寿阳公主梅妆事。《类说》卷十三"寿阳妆"载:"宋武帝寿阳公主梅花落额上,成五出花。后人效之为梅花妆。"蛾绿:女子的眉黛。

⑥ 盈盈:形容女子仪态优美。这里借指梅花。

⑦ 金屋:据《汉武故事》载,汉武帝少时,姑母指其女问曰:"阿娇好否?"武帝答曰:"若得阿娇作妇,当以金屋贮之。"

⑧ 玉龙哀曲:此指笛中《梅花落》曲。玉龙,指笛。

⑨ 恁时:那时。

辑评

清许昂霄《词综偶评》:《暗香》、《疏影》二词如绛云在霄,舒卷自如。又如琪树玲珑,金芝布护。

清周济《介存斋论词杂著》:稼轩郁勃故情深,白石放旷故情浅;稼轩纵横故才大,白石局促故才小。唯《暗香》、《疏影》二词,寄意题外,包蕴无穷,可与稼轩伯仲。

又《宋四家词选》:此词以"相逢"、"化作"、"莫似"六字作骨。"莫似"五句,言其不能换留,听其自为盛衰也。

清陈廷焯《白雨斋词话》卷二:南渡以后,国势日非。白石目击心伤,多于词中寄慨。不独《暗香》、《疏影》二章发二帝之幽愤,伤在位之无人也。

清郑文焯《郑校白石道人歌曲》:案此二曲为千古词人咏梅绝调。以托喻遥深,自成馨逸。其《暗香》一解,凡三字句逗皆为夹协。

清沈祥龙《论词随笔》:词当意余于辞,不可辞余于意……白石"犹记深宫旧事,那人正睡里、飞近蛾绿",用寿阳事,皆为玉田所称。盖辞简而余意悠然不尽也。

清王闿运《湘绮楼词选》:此二词最有名,然语高品下,以其贪用典故也。

俞陛云《唐五代两宋词选释》:《疏影》曲,叔夏言其"用事不为事所使",诚然。但其意不仅用明妃、寿阳事,殆以两宫北狩,有故主蒙尘之感,故云花片随波,胡沙忆远,霜塞玉鞭之慨。转头处即言深宫旧事,与《暗香》曲"旧时月色"相应。否则落花随水及"玉龙哀曲"句与寿阳何涉耶?

琵 琶 仙

《吴都赋》云:"户藏烟浦,家具画船。"唯吴兴为然。春游之盛,西湖未能过也。己酉岁,予与萧时父载酒南郭,感遇成歌①。

双桨来时,有人似、旧曲桃根桃叶②。歌扇轻约飞花，蛾眉正奇绝③。春渐远，汀洲自绿，更添了、几声啼鴂④。十里扬州，三生杜牧⑤，前事休说。　　　又还是、宫烛分烟⑥，奈愁里、匆匆换时节。都把一襟芳思，与空阶榆荚⑦。千万缕、藏鸦细柳⑧，为玉尊、起舞回雪⑨。想见西出阳关，故人初别⑩。

注释

① 此词作于宋孝宗淳熙十六年(1189)。《吴都赋》：唐李庾作，《唐文粹》作《西都赋》，此处所引二句原作"户闭烟浦，家藏画舟"。吴兴：今浙江湖州。己酉岁：宋孝宗淳熙十六年(1189)。萧时父：诗人萧德藻之侄，姜夔妻兄。

② 桃根桃叶：桃叶为东晋王献之妾，桃根为桃叶之妹。

③ 蛾眉：指代舞女。

④ 啼鴂(jué)：哀啼的杜鹃，此指杜鹃的啼鸣。鴂，杜鹃。

⑤ "十里"二句：语本黄庭坚诗："春风十里珠帘卷，仿佛三生杜牧之。"

⑥ 宫烛分烟：古代帝王有寒食后分赐火烛给大臣的习俗。唐韩翃《寒食》诗："日暮汉宫传蜡烛，轻烟散入五侯家。"

⑦ "都把"二句：唐韩愈《晚春》诗："杨花榆荚无才思，惟解漫天作雪飞。"此处反其意而用之。

⑧ 藏鸦细柳：古乐府《杨叛儿》："暂出白门前，杨柳可藏乌。"

⑨ "为玉尊"句：谓筵前起舞。玉尊，酒杯的美称。宋黄庭坚《千

秋岁》:"齐歌云绕扇,赵舞风回雪。"

⑩ "想见"二句:语本唐王维《送元二使安西》诗:"劝君更尽一杯
酒,西出阳关无故人。"

辑评

宋张炎《词源》卷下:《琵琶仙》……等曲,不惟清空,又且骚
雅,读之使人神观飞越。

又:离情当如此作,全在情景交炼,得言外意,有如"劝君更
尽一杯酒,西出阳关无故人",乃为绝唱。

清许昂霄《词综偶评》:句句说景,句句说情,真能融情景于
一家者也。曲折顿宕,又不待言。

清陈廷焯《词则·大雅集》卷三:"前事休说"四字咽住,藏得
许多情事在内。

又:似周、秦笔墨,而气格俊上。

俞陛云《唐五代两宋词选释》:此在客吴兴时感遇而作。首
四句叙往事,"春渐远"三句叙别后光阴,写愁中闻见,以疏秀之
笔出之。下阕感节序而伤离,榆钱柳絮,皆借物怀人,便无滞相,
其佳处在空灵也。

史达祖 （生卒年不详）字邦卿，号梅溪，汴（今河南开封）人。仕进不顺，投身权门。韩侂胄当国，曾任其堂吏。韩败被杀，史氏受黥刑，贬死于贫困之中。工词，祖述清真，又取法白石，风格清丽，尤以咏物词为佳，有极妍尽态之妙。有《梅溪词》。

绮罗香

咏春雨

做冷欺花，将烟困柳，千里偷催春暮。尽日冥迷，愁里欲飞还住。惊粉重、蝶宿西园①，喜泥润、燕归南浦②。最妨它，佳约风流，钿车不到杜陵路③。　　沉沉江上望极，还被春潮晚急，难寻官渡④。隐约遥峰，和泪谢娘眉妩⑤。临断岸、新绿生时，是落红、带愁流处。记当日、门掩梨花⑥，剪灯深夜语。

注释

① 西园：此泛指园林。

② 南浦：此泛指水滨。

③ 杜陵：汉宣帝陵墓所在地，位于长安城南，是唐代郊游胜地之

一。这里泛指游乐处。

④ 官渡：官府设置的渡口。

⑤ 谢娘：唐代歌妓谢秋娘。这里泛指歌女。

⑥ 门掩梨花：唐刘方平《春怨》："寂寞空庭春欲晚，梨花满地不开门。"

辑评

宋张炎《词源》卷下：此皆全章精粹，所咏了然在目，且不留滞于物。

又：史邦卿《春雨》云："临断岸、新绿生时，是落红、带愁流处。"……此皆平易中有句法。

明杨慎《词品》："做冷欺花"一联，将春雨神色拈出。

明卓人月、徐士俊《古今词统》：收纵联密，事事合题。

明李攀龙《草堂诗余隽》：语语淋漓，在在润泽。读此将诗声彻夜雨声寒，非笔能兴云乎！

清黄苏《蓼园词评》：愁雨耶？怨雨耶？多少淑偶佳期，尽为所误，而伊乃浸淫渐渍，联绵不已，小人情态如是。句句清隽可思。好在结二语写得幽闲贞静，自有身份，怨而不怒。

清孙麟趾《词径》：词中四字对句，最要凝炼。如史梅溪云："做冷欺花，将烟困柳"，只八个字已将春雨画出。

清李佳《左庵词话》卷下：史达祖"春雨"词煞句："记当日、门掩梨花，剪灯深夜语。"就题烘衬推开去，亦是一法。

清沈祥龙《论词随笔》：词中对句，贵整炼工巧，流动脱化，而不类于诗赋。史梅溪之"做冷欺花,将烟困柳",非赋句也……然不工诗赋,亦不能为绝妙好词。

王国维《人间词话》:周介存谓:"梅溪词中,喜用'偷'字,足以定其品格。"刘融斋谓:"周(密)旨荡而史(达祖)意贪。"此二语令人解颐。

双双燕

咏 燕

过春社了①,度帘幕中间,去年尘冷②。差池欲往③,试入旧巢相并。还相雕梁藻井④,又软语、商量不定。飘然快拂花梢,翠尾分开红影⑤。　　芳径,芹泥雨润⑥。爱贴地争飞,竞夸轻俊。红楼归晚,看足柳昏花暝。应自栖香正稳,便忘了、天涯芳信⑦。愁损翠黛双蛾,日日画栏独凭。

注释

① 春社:春分前后祭祀土地神的日子。

② 尘冷:指旧巢已积满灰尘,显得清冷。

③ 差池:燕子尾翼舒张不齐的样子。

④ 相:细看。藻井:古建筑上各种纹彩的井栏状天花板。

⑤ 红影:指花影。

⑥ 芹泥:指水岸的湿润泥土。芹,水芹,为水生植物。

⑦ 天涯芳信:相传燕能传书信。芳信,指闺中人的书信。

辑评

明卓人月、徐士俊《古今词统》:不写形而写神,不取事而取意,白描妙手。

明王世贞《艺苑卮言》:("差池"四句)可谓极形容之妙。

清王士禛《花草蒙拾》:咏物至此,人巧极天工矣。

清贺裳《皱水轩词筌》:史邦卿咏燕,几乎形神俱似矣。

清许昂霄《词综偶评》:清新俊逸兼有之矣。

清黄苏《蓼园词评》:"栖香正稳"以下至末,似有所指。或于朋友间有不能践言者乎?借燕以见意,亦未可定。而词旨倩丽,句句熨帖,匠心独造,不愧清新之目。

清沈祥龙《论词随笔》:炼字贵坚凝,又贵妥溜。句中有炼一字者,如"雁风吹裂云痕"是;有炼两三字者,如"看足柳昏花暝"是,皆极炼如不炼也。

梁启超《饮冰室评词》丁卷:麦丈云:讽刺。

王国维《人间词话》:咏物之词自东坡《水龙吟》为最工,邦卿《双双燕》次之。

又《人间词话·删稿》:贺黄公谓:"姜论史词,不称其'软语商量',而称其'柳昏花暝',固知不免项羽学兵法之恨。"然"柳昏花暝"，自是欧、秦辈句法，前后有画工、化工之殊。吾从白石，不能附和黄公矣。

东风第一枝

咏春雪

巧沁兰心①，偷粘草甲，东风欲障新暖。谩疑碧瓦难留，信知暮寒轻浅。行天入镜②，做弄出、轻松纤软。料故园、不卷重帘，误了乍来双燕。　青未了、柳回白眼③。红欲断、杏开素面④。旧游忆着山阴⑤，厚盟遂妨上苑⑥。寒炉重熨，便放慢、春衫针线。恐凤靴、挑菜归来⑦，万一灞桥相见⑧。

注释

① 兰心：兰花。庾信《咏春近余雪》："丝条变柳色，香气动兰心。"草甲：草萌发时的外皮。

② "行天"句：语本唐韩愈《春雪》诗："入镜鸾窥沼，行天马渡桥。"

③ 柳回白眼：柳芽初舒的样子。

④ 杏开素面：形容杏花洁白。素面，本指女子不施脂粉，这里代指杏花洁白。

东风第一枝（巧沁兰心）

⑤ "旧游"句：用王徽之访戴逵典。王徽之居山阴，夜雪初霁，忽
　　忆戴逵。时逵在剡溪，便乘小舟访之，至门而返。人问其为
　　何不见而返。曰："乘兴而行，兴尽而返，何必见戴。"
⑥ "厚盟"句：谢惠连《雪赋》："梁王不悦，游于兔园。乃置旨酒，
　　命宾友邵邹生，延枚叟。相如末至，居客之右。俄而微霰零，
　　密雪下。"厚，通"后"。上苑，本指帝王的园林，此指兔园。
⑦ 凤靴：妇人所穿饰以凤文之靴。挑菜：古代二月初二为挑
　　菜节。
⑧ 灞桥：在长安之东。《北梦琐言》记郑棨语："诗思在灞桥风雪
　　中驴背上。"此有灞桥风雪兴诗情意。

辑评

宋黄昇《花庵词选》：结句尤为姜尧章拈出。

明杨慎《词品》卷四：轻松纤软，元人小令借以咏美人足
云……语精字炼，岂易及耶？

清先著、程洪《词洁》：史之逊姜，有一二欠自然处。雕镂有
痕，未免伤雅。短处正不必为古人曲护。意欲灵动，不欲晦涩。
语欲隐秀，不欲纤佻。人工胜则天趣减。梅溪、梦窗自不能不让
白石出一头地。

刘永济《微睇室说词》：此词从各方面着笔写春雪，或分或
合，而以闺情、旧俗穿插其中，亦咏物词之一格也。

卢祖皋 （生卒年不详）字申之，又字次夔，号蒲江，永嘉（今浙江温州）人。宁宗庆元五年(1199)进士。累官至将作少监、权直学士院。工小令，词风婉秀淡雅。有《蒲江词稿》一卷。

江城子

画楼帘幕卷新晴，掩银屏，晓寒轻。坠粉飘香，日日唤愁生。暗数十年湖上路，能几度，著娉婷①。

年华空自感飘零，拥春醒②，对谁醒？天阔云闲，无处觅箫声。载酒买花年少事，浑不似，旧心情。

注释

① 娉婷：原意为姿态美好，此指风流倜傥之态。
② 春醒：春日酒醉。

辑评

清况周颐《蕙风词话》卷二：卢申之《江城子》后段……与刘龙洲"欲买桂花同载酒，终不似，少年游"，可称异曲同工。然终不如少陵之"诗酒尚堪驱使在，未须料理白头人"为倔强可喜。

严仁 （生卒年不详）字次山，号樵溪，邵武（今属福建）人。与严羽、严参并称"邵武三严"。有《清江欸乃集》，不传。词存《花庵词选》中。

玉楼春

春 思

春风只在园西畔，荠菜花繁蝴蝶乱。冰池晴绿照还空①，香径落红吹已断。 意长翻恨游丝短，尽日相思罗带缓。宝奁明月不欺人②，明日归来君试看。

注释

① 晴绿：形容池水碧绿澄澈。

② 宝奁明月：梳妆匣中皎如明月的圆镜。

辑评

清谭献《复堂词话》：能用齐梁小乐府意法入填词，便参上乘。

刘克庄　(1187—1269)字潜夫,号后村居士,莆田(今属福建)人。以父荫入仕,任建阳、仙都县令,因咏落梅诗被谏官指为讪谤朝政,免官废置多年。理宗朝赐同进士出身,累官密书监、工部尚书兼侍读,以龙图阁学士致仕。工诗能词,诗为江湖派大家,词学稼轩,为辛派后劲。有《后村别调》。

清平乐

顷在维扬,陈师文参议家舞姬绝妙,赋此①

官腰束素②,只怕能轻举。好筑避风台护取,莫遣惊鸿飞去。③　　一团香玉温柔,笑聱俱有风流。贪与萧郎眉语④,不知舞错《伊州》⑤。

注释

① 维扬:扬州。陈师文:未详,应是其友人或同僚。

② 官腰束素:用楚宫细腰典。《后汉书·马廖传》载:"楚王好细腰,宫中多饿死。"

③ 避风台:相传汉成帝宫人赵飞燕舞姿轻盈,每轻风至,飞燕几欲随风入水。成帝遂以翠缕结飞燕之裾。后称结裾处为避风台。惊鸿:惊飞的鸿雁,喻美女。曹植《洛神赋》:"翩若惊鸿。"

④ 萧郎:此指女子所爱恋的男子。

⑤ 伊州:古代舞曲名。

辑评

清沈雄《古今词话》:"贪与萧郎眉语,不知舞错伊州","除是无身方了,有身常有闲愁",此后村悟语也。杨慎谓为壮语足以立懦,信然。

薛砺若《宋词通论》:此词末二句亦极隽美,为不经人道者。

黄孝迈 （生卒年不详）字德文，号雪舟。尝从刘克庄游，作词清丽绵密。有《雪舟长短句》。

湘春夜月

近清明，翠禽枝上消魂。可惜一片清歌，都付与黄昏。欲共柳花低诉，怕柳花轻薄，不解伤春。念楚乡旅宿，柔情别绪，谁与温存。　　空樽夜泣，青山不语，残月当门。翠玉楼前，惟是有、一波湘水，摇荡湘云。天长梦短，问甚时、重见桃根①？这次第，算人间没个并刀，剪断心上愁痕。

注释

① 桃根：晋王献之爱妾桃叶之妹，此借指所爱恋者。

辑评

清万树《词律》：此调他无作者，想雪舟自度。风度婉秀，真佳词也。

清查礼《铜鼓书堂词话》：情有文不能达、诗不能道者，而独于长短句中可以委婉形容之。如黄雪舟自度《湘春夜月》云云。

雪舟才思俊逸，天分高超，握笔神来，当有悟入处，非积学所到也。刘后村跋雪舟乐章，谓其清丽，叔原、方回不能加其绵密。

梁启超《饮冰室评词》丁卷：麦丈云：时事日非，无可与语，感喟遥深。

唐圭璋《唐宋词简释》：此首抒羁旅之感，上下片作法皆是即景生情。上片由闻入情，下片由见入情，文笔宛妙。

吴文英　（1200?—1260?）字君特,号梦窗,四明(今浙江宁波)人。宋理宗绍定年间曾入苏州仓幕,后受宰相吴潜赏识,以清客身份出入史宅之、贾似道等显贵之门。工词,大都苦心经营,字面妍丽,结构绵密,境界奇丽凄迷,于周邦彦、姜夔之外,别开生面,独树一帜。有《梦窗词》。

宴清都

连理海棠

绣幄鸳鸯柱①,红情密,腻云低护秦树②。芳根兼倚③,花梢钿合,锦屏人妒。东风睡足交枝,正梦枕、瑶钗燕股④。障滟蜡、满照欢丛⑤,嫠蟾冷落羞度⑥。　　人间万感幽单,华清惯浴,春盎风露⑦。连鬟并暖⑧,同心共结,向承恩处。凭谁为歌长恨?暗殿锁、秋灯夜语⑨。叙旧期、不负春盟⑩,红朝翠暮。

注释

① 绣幄:指用来护花的彩绣大帐。

② 秦树:《辍耕录》载,秦中有双株海棠,高达十丈。秦中,古长安一带。从下面词句可知作者用此典暗隐李(隆基)杨(玉

237

环)之事。

③ 兼倚:即鹣倚。鹣,比翼鸟。钿合:谓花枝交错如钿盒之致密
无隙。

④ "东风"二句:据《太真外传》载,一次,唐玄宗登沉香亭,召杨
妃。杨妃酒醉未醒,钗横鬓乱,不能再拜。玄宗曰:"岂是妃
子醉耶? 海棠睡未足也。"交枝,相交的枝柯。燕股,似燕尾
分为两股的玉钗。

⑤ "滟蜡"句:用苏轼《海棠》诗"只恐夜深花睡去,高烧银烛照红
妆"句意。滟蜡,指溶溶的烛光。

⑥ 嫠(lí)蟾:指月中嫦娥。嫠,寡妇。嫦娥无夫,故云。

⑦ "华清"二句:用白居易《长恨歌》"春寒赐浴华清池,温泉水滑
洗凝脂"句意。

⑧ 连鬟:女子所梳双髻。

⑨ "暗殿锁"句:用白居易《长恨歌》"七月七日长生殿,夜半无人
私语时"句意。

⑩ 不负春盟:指白居易《长恨歌》李杨二人盟誓所云"在天愿作
比翼鸟,在地愿为连理枝"。

辑评

清朱祖谋《彊村老人评词》:濡染大笔何淋漓!

陈洵《海绡说词》:只运化一篇《长恨歌》,乃放出如许异彩,
见事多,识事透也。得力尤在换头一句。

俞陛云《唐五代两宋词选释》:自"绣幄"至"燕股"数语赋"连

理"，思密而藻丽。"锦屏"、"梦枕"二句尤摇漾生情。下阕别开一径，写宫怨而以美满作结，为连理海棠生色。

刘永济《微睇室说词》：此咏物之工整者。因咏物亦托物言情，故换头以下全以《长恨歌》中之杨妃比言，亦因明皇有妃子海棠春睡之语也……南宋词人极喜作咏物词，大都托物言情之笔，情在言外。后来之王沂孙尤称能手。至其所托之情，不出作者所遇之世与其个人遭际之事，交相组织，古人所谓身世之感也。

齐天乐

烟波桃叶西陵路[①]，十年断魂潮尾。古柳重攀，轻鸥骤别，陈迹危亭独倚。凉飔乍起[②]，渺烟碛飞帆，暮山横翠。但有江花，共临秋镜照憔悴[③]。　　华堂烛暗送客[④]，眼波同盼处，芳艳流水。素骨凝冰，柔葱蘸雪[⑤]，犹忆分瓜深意。清尊未洗，梦不湿行云[⑥]，漫沾残泪。可惜秋宵，乱蛩疏雨里。

注释

① 桃叶、西陵：皆古渡口名，以王献之等送别所爱而常为诗人咏歌。

② 凉飔(sī):凉风。

③ 秋镜:秋日江水平静如镜。

④ "华堂"句:用《史记·滑稽列传》淳于髡语:"堂上烛灭,主人
　　留髡而送客。"

⑤ "素骨"二句:素骨指美人白皙肌肤,柔葱指美人纤纤细手。

⑥ 梦不湿行云:典出宋玉《高唐赋》,楚王遇巫山神女,神女自云:
　　"旦为朝云,暮为行雨。"此以不湿行云,指无由与所恋相见。

辑评

　　清谭献《复堂词话》:虽亦是平起,而结响颇遒。

　　俞陛云《唐五代两宋词选释》:"凉飔"五句从空际着笔,写临
江风景,所谓情景两得也。下阕追忆别时,临歧千万语,只赢得
青眸回盼。偶忆分瓜往事,细细写来,见余情之犹恋。后幅梦魂
不到,清醑慵斟,但闻夜雨蛩声,洒一襟残泪耳。哀而不伤,自成
雅调。

高阳台

落　梅

官粉雕痕,仙云堕影①,无人野水荒湾。古石埋

香，金沙锁骨连环②。南楼不恨吹横笛③，恨晓风、千里关山。半飘零、庭上黄昏，月冷阑干④。　　寿阳空理愁鸾⑤，问谁调玉髓，暗补香瘢⑥？细雨归鸿，孤山无恨春寒⑦。离魂难倩招清些，梦缟衣、解佩溪边⑧。最愁人，啼鸟晴明，叶底清圆。

注释

① "仙云"句：用苏轼《松风亭下梅花盛开》"海南仙云娇堕砌"诗意，状落梅神姿。

② 金沙锁骨：典出《续玄怪录》：延州有妇人，颇有姿貌，少年子悉与之狎昵。数岁而殁，人共葬之道左。大历中，有胡僧敬礼其墓，曰：斯乃大圣，慈悲喜舍，尼俗之欲，无不徇焉。此即锁骨菩萨，顺缘已尽尔。众人开墓视之，其骨钩结皆如锁状，为起塔焉。

③ "南楼"句：语本唐李白《与李郎中饮听黄鹤楼上吹笛》："黄鹤楼中吹玉笛，江城五月落梅花。"

④ "半飘零"二句：化用宋林逋《山园小梅》"暗香浮动月黄昏"诗意。

⑤ "寿阳"句：用宋武帝女寿阳公主日卧含章殿檐梅花落额成五出花典。

⑥ 补香瘢：典出《拾遗记》：孙和月下舞水晶如意，误伤邓夫人颊。召太医视之，医以獭髓杂玉与琥珀合药敷之，愈后无

瘢痕。

⑦ **孤山**：在杭州西湖边，宋初诗人林逋居此，因喜梅好鹤，人誉"梅妻鹤子"。

⑧ **"离魂"三句**：叠用赵师雄醉寝梅树与郑交甫江汉逢仙女二典。《龙城录》记，赵师雄迁罗城，日暮于松林酒肆旁，见一美人淡妆素服，与共饮醉寝大梅树下。后来得知美人即梅神。《列仙传》记，郑交甫游江汉，江妃二女见而悦之，手解玉佩相赠。

辑评

清陈廷焯《白雨斋词话》卷二：梦窗《高阳台》一篇，既幽怨，又清虚，几欲突过中仙咏物诸篇，是集中最高之作。《词选》何以不录？

陈洵《海绡说词》："南楼"七字，空际转身，是觉翁神力独运处。"细雨"二句，空中渲染，传神阿睹。解此二处，读吴词方有入处。

俞陛云《唐五代两宋词选释》：起二句字字锤炼。以下"野水"二句言山野之"落梅"，"黄昏"二句庭院之"落梅"。下阕言"寿阳"、言"孤山"，皆用梅花故事以渲染之。凡咏落花者，每借花以怀人，此则但赋"落梅"，虽词意凄然，正如《曝书亭词》所谓"一半是空中传恨"也。但"千里关山"句寓离索之思，"叶底清圆"句发蹉跎之悔，兼有"绿叶成阴子满枝"之感。论者谓梦窗言情诸作，皆为所眷彼姝而发，虽未必尽然，但此词当有所指。

浣溪沙

门隔花深梦旧游，夕阳无语燕归愁，玉纤香动小帘钩①。　　落絮无声春堕泪，行云有影月含羞，东风临夜冷于秋。

注释

① 玉纤：如玉的纤手。

辑评

清陈廷焯《白雨斋词话》卷一：《浣溪沙》结句贵情余言外，含蓄不尽。如吴梦窗之"东风临夜冷于秋"，贺方回之"行云可是渡江难"，皆耐人寻味。

唐圭璋《唐宋词简释》：此首感梦之作。起句，梦旧游之处。"夕阳"两句，梦人归搴帘之态。换头，抒怀人之情，因落絮以兴起人之堕泪。因行云以比人之含羞。"东风"句，言夜境之凄凉，与贺方回《浣溪沙》结句"东风寒似夜来些"相同。

风入松

听风听雨过清明，愁草瘗花铭①。楼前绿暗分携路^②，一丝柳、一寸柔情。料峭春寒中酒^③，交加晓梦啼莺^④。　　西园日日扫林亭，依旧赏新晴。黄蜂频扑秋千索，有当时、纤手香凝。惆怅双鸳不到^⑤，幽阶一夜苔生。

注释

① 瘗(yì)花铭：庾信撰有《瘗花铭》。瘗，埋葬。

② 分携：分手。

③ 中酒：醉酒。

④ 交加：纷多杂乱的样子。

⑤ 双鸳：女子的绣鞋。此指女子的踪迹。

辑评

　　清谭献《谭评词辨》：此是梦窗极经意词，有五季遗响。"黄蜂"两句，是痴语，是深语。结处见温厚。

　　清陈廷焯《云韶集》：情深而语极纯雅，词中高境也。

　　陈匪石《宋词举》：盖情景交融之作，为词中上乘。首句"清明"，点出时令。"听风听雨"，景中有情。"瘗花"是清明风雨中事。瘗之情已深，铭之情更深；因草铭而愁，情益深一层矣。所以然者，"瘗花"正"绿暗"之时，"楼前"是"分携"之"路"。全篇之眼即在此"分携"二字中。柳一丝、情一寸，极悱恻缠绵之致，极伤离惜别之心。元人曲云："系春心情短柳丝长"，即从梦窗此语出,而逊其浑朴。

刘永济《微睇室说词》:按词本因伤春引起伤别。清明风雨,春晚也。"愁草瘗花铭",则伤春也。"瘗",本训埋,此则指落花,非果有埋花作铭之事。

八声甘州

灵岩陪庾幕诸公游①

渺空烟四远,是何年、青天坠长星②?幻苍崖云树③,名娃金屋,残霸宫城④。箭径⑤酸风射眼,腻水染花腥⑥。时靸双鸳响⑦,廊叶秋声。　　宫里吴王沉醉,倩五湖倦客⑧,独钓醒醒。问苍波无语,华发奈山青。水涵空、阑干高处,送乱鸦、斜日落渔汀。连呼酒、上琴台⑨去,秋与云平⑩。

注释

① 灵岩:山名,在今江苏苏州市西南的木渎镇西北,上有春秋时吴国遗迹。庾幕:幕府僚属的美称,此指苏州仓台幕府。

② 青天坠长星:从青天上落下大星。此乃设想灵岩山之形成过程。

③ 幻苍崖云树:意谓化作青山树林。

④ "名娃"二句:指馆娃宫,吴王夫差为西施所筑。名娃,指西施。金屋,用汉武帝金屋藏阿娇典。残霸,指夫差打败越国,并与晋争霸中原,后为越所灭,霸业有始无终。

⑤ 箭径:即灵岩山前采香径,系一笔直小溪,夫差曾使美人泛舟于溪以采香,当地俗称箭径。酸风:冷风,李贺《金铜仙人辞汉歌》有"东关酸风射眸子"之句。

⑥ "腻水"句:意谓花朵亦染上脂粉香味。腻水,语出杜牧《阿房宫赋》:"渭流涨腻,弃脂水也。"

⑦ "时靸(sǎ)"句:意谓当时宫女们步履声不绝。靸,无后跟拖鞋。双鸳,鸳鸯履,女鞋。廊,指响屟廊。传说吴王命西施着木屐在此行走,廊空而响,故名。

⑧ 五湖倦客:指范蠡。灭吴后,范蠡出三江入五湖。

⑨ 琴台:在灵岩山西北绝顶,为吴国遗迹。

⑩ 秋与云平:满天秋色,与云相齐。

辑评

梁启超《饮冰室评词》丁卷:麦丈云:奇情壮采。

陈洵《海绡说词》:换头三句,不过言山容水态如吴王、范蠡之醉醒耳。"苍波"承"五湖","山青"承"宫里"。独醒无语,沉醉奈何,是此词最沉痛处。今更为推演之,盖惜夫差之受欺越王也。长颈之毒,蠡知而王不知,则王醉而蠡醒矣。女真之猾,甚于勾践,北狩之辱,奇于甬东;五国城之崩,酷于卑犹位;遗民之凭吊,异于鸱夷之逍遥。而游艮岳,幸樊楼者,乃荒于吴宫之沉湎。北宋已矣。南渡宴安,又将岌岌,五湖倦客,今复何人? 一"倩"字有众人皆醉意,不知当时庾幕诸公,何以对此?

刘永济《微睇室说词》:由"呼酒"、"上琴台"句,可知上半阕皆在台上耳目所接,下半阕则由见闻而生感慨,用笔极矫健,如常山之蛇,首尾相应,论章法亦至为细密。可见词人之笔,无施不可。梦窗不止善写柔情,而且咏物、吊古之词,亦多苍劲之作,不可以一体概其全也。

唐多令

何处合成愁? 离人心上秋①。纵芭蕉、不雨也飕飕。都道晚凉天气好,有明月、怕登楼。　　年事梦中休,花空烟水流。燕辞归、客尚淹留②。垂柳不萦裙带住,漫长是、系行舟。

注释

① 心上秋:即"愁"字。

② "燕辞归"句:用曹丕《燕歌行》"群燕辞归鹄南翔"、"君何淹留寄他方"句意。

辑评

张炎《词源》卷下：此词疏快，却不质实。

明沈际飞《草堂诗余正集》：所以感伤之本，岂在蕉雨？妙妙。

清王士禛《花草蒙拾》："何处合成愁，离人心上秋"，滑稽之隽。与龙辅闺怨诗"得郎一人来，便可成仙去"，同是子夜变体。

清王又华《古今词论》：吴梦窗《唐多令》第三句"纵芭蕉不雨也飕飕"，此句谱当七字，上三下四句法，则"也"字当为衬字。

清许昂霄《词综偶评》：第二句如诗中离合体，亦从少游"一钩残月带三星"得来。

清陈廷焯《白雨斋词话》卷二：《唐多令》一篇，几于油腔滑调，在梦窗集中，最为下乘。

清周曾锦《卧庐词话》：玉田于梦窗颇致不满，不但"七宝楼台"之喻而已。梦窗"何处合成愁"一阕，在梦窗为别调，而玉田亟称之，他词不如是也。以此取梦窗，则其所不取者可知矣。

清李佳《左庵词话》卷上：此却疏快，无质实之病。

陈洵《海绡说词》：玉田不知梦窗，乃欲拈出此阕，牵彼就我。无识者群聚而和之，遂使四明绝调，沉没几六百年，可叹。

刘永济《微睇室说词》：此词首句，只是小巧，无甚深意。与山谷"门里安心"为"闷"字，"女边著子"为"好"字，少游"一钩残月带三星"为"心"字，同一游戏之笔。

刘辰翁 （1232—1297）字会孟，号须溪，庐陵（今江西吉安）人。景定三年（1262）进士。曾任濂溪书院山长。宋亡不仕，隐居而终。工诗能文。其词多抒亡国之恨。有《须溪词》。

永遇乐

余自乙亥上元诵李易安《永遇乐》，为之涕下。今三年矣，每闻此词，辄不自堪。遂依其声，又托之易安自喻。虽辞情不及，而悲苦过之①。

璧月初晴，黛云远淡②，春事谁主？禁苑娇寒③，湖堤倦暖，前度遽如许！香尘暗陌④，华灯明昼，长是懒携手去。谁知道，断烟禁夜⑤，满城似愁风雨。　　宣和旧日，临安南渡⑥，芳景犹自如故。缃帙流离，风鬟三五⑦，能赋词最苦。江南无路，鄜州今夜⑧，此苦又谁知否？　空相对，残釭无寐⑨，满村社鼓⑩。

注释

① 乙亥：宋恭帝德祐元年（1275）。李易安《永遇乐》即李清照"落日熔金"词。

② 璧月:璧玉般的圆月。黛云:青绿色的云朵。

③ 禁苑:专供皇帝游赏的园林。

④ 香尘暗陌:喻车马络绎,游人众多。

⑤ 断烟:炊烟断绝。禁夜:即宵禁。

⑥ 宣和:宋徽宗年号。北宋末年受金威胁,终致靖康之难,北宋
覆亡。康王赵构南渡,建立南宋。

⑦ 缃帙:指贵重的书籍。流离:散失。据李清照《金石录后序》
载,南渡避难时,李清照与丈夫赵明诚曾随带多年收集的金
石古玩书画典籍,但几经磨难,所珍藏者十去七八。风鬟:头
发蓬松散乱的样子。

⑧ 鄜州:用杜甫《月夜》诗"今夜鄜州月,闺中只独看"诗意。

⑨ 残釭(gāng):残灯。

⑩ 社鼓:社日祭神的鼓声。

辑评

清况周颐《蕙风词话》卷二:须溪词,风格遒上似稼轩,情辞
跌宕似遗山。有时意笔俱化,纯任天倪,竟能略似坡公。往往独
到之处,能以中锋达意,以中声赴节。世或目为别调,非知人之
言也……《永遇乐》云……余所摘警句视此。

周密 (1232—1298)字公谨,号草窗,祖籍济南,流寓吴兴,居弁山,自号弁阳老人、泗水潜夫。理宗景定二年(1261)为临安府幕僚,后为义乌县令。工词,与王沂孙、张炎齐名。又与吴文英(梦窗)并称为"二窗"。宋亡不仕,潜心著述。有《草窗词》、《蘋洲渔笛谱》。

一萼红

登蓬莱阁有感①

步深幽,正云黄天淡,雪意未全休。鉴曲寒沙,茂林烟草,俯仰千古悠悠②。岁华晚、漂零渐远,谁念我、同载五湖舟③？ 磴古松斜④,崖阴苔老,一片清愁。 回首天涯归梦,几魂飞西浦,泪洒东州⑤。故国山川,故园心眼,还似王粲登楼⑥。最怜他、秦鬟妆镜⑦,好江山、何事此时游！ 为唤狂吟老监⑧,共赋消忧。

注释

① 蓬莱阁:在今浙江绍兴卧龙山下。

② "鉴曲"三句:指代镜湖。《新唐书·贺知章传》:"(知章)又求周宫湖数顷为放生池,有诏赐镜湖剡川一曲。"茂林,指兰亭

旧迹附近景。晋王羲之《兰亭序》："此地有崇山峻岭,茂林修竹。"俯仰千古,语本《兰亭序》："向之所欣,俯仰之间,已为陈迹。"

③ 同载五湖舟:用范蠡携西施归隐太湖典。唐陆广微《吴地纪》引《越绝书》："西施亡吴国后,复归范蠡,同泛五湖而去。"

④ 磴:石阶。

⑤ 西浦、东州:皆蓬莱阁附近地名。词末周密自注云："阁在绍兴,西浦、东州皆其地。"

⑥ 王粲登楼:汉末诗人王粲避乱往荆州依刘表,不为重用,思念故乡,登荆州当阳城楼,作《登楼赋》。赋中有:"虽信美而非吾土兮,曾何足以少留!"

⑦ 秦鬟妆镜:以美人喻绍兴山水。秦鬟,语本汉乐府《艳歌罗敷行》："秦氏有好女,自名为罗敷……头上倭堕髻,耳中明月珰。"

⑧ 狂吟老监:指唐代诗人贺知章。《旧唐书·贺知章传》："知章晚年尤加纵诞,无复规检,自号四明狂客,又称秘书外监,遨游里巷,醉后属词,动成卷轴,文不加点,咸有可观。"

辑评

清陈廷焯《白雨斋词话》卷二:公谨《一萼红·登蓬莱阁有感》一阕,苍茫感慨,情见乎词,当为草窗集中压卷。虽使美成、白石为之,亦无以过。

清无名氏《冰簃词话》:《一萼红》、《高阳台》,皆草窗词之沉雄悲壮,声情激越者。

清周尔墉《周批绝妙好词笺》:草窗擅美在缜密,如此章稍空阔,愈益佳妙。

玉京秋

长安独客,又见西风,素月丹枫,凄然其为秋也,因调夹钟羽一解①。

烟水阔,高林弄残照,晚蜩凄切②。碧砧度韵,银床飘叶③。衣湿桐阴露冷,采凉花、时赋秋雪。叹轻别,一襟幽事,砌蛩能说。　　客思吟商还怯④。怨歌长、琼壶暗缺⑤。翠扇恩疏⑥,红衣香褪⑦,翻成消歇。玉骨西风,恨最恨、闲却新凉时节!楚箫咽,谁倚西楼淡月。

注释

① 长安:此处借指南宋都城杭州。夹钟羽:一种词的律调。一解:一阕。

② 蜩(tiáo):蝉。

253

玉京秋（烟水阁）

③ "碧砧"二句:度韵,指传递有节奏的声响。古人秋凉捣砧为
　　行人准备寒衣,故说碧砧度韵。银床,古时的井栏井架。

④ 客思:客居异乡情怀。

⑤ 琼壶暗缺:典出《世说新语·豪爽》:"王处仲每酒后辄咏'老
　　骥伏枥,志在千里。烈士暮年,壮心不已',以如意打唾壶,壶
　　口尽缺。"

⑥ 翠扇恩疏:天凉后扇子被主人弃置不用。汉班婕妤《怨歌
　　行》:"新裂齐纨素,皎洁如霜雪。裁成合欢扇,团团似明月。
　　出入君怀袖,动摇微风发。常恐秋节至,凉飙夺炎热。弃捐
　　箧笥中,恩情中道绝。"

⑦ 红衣:指荷花。

辑评

　　清陈廷焯《白雨斋词话》卷二:此词精金百炼,既雄秀,又婉
雅,几欲空绝古今。一"暗"字,其恨在骨。

　　清谭献《复堂词话》:("烟水阔")南渡词境高处,往往出于
清真。

　　唐圭璋《唐宋词简释》:此首感秋而赋。起点晚景,次写夜
景。"叹轻别"三句,入别恨。下片,承别恨层层深入。"客思"两
句,恨客居之无理。"翠扇"两句,恨前事之消歇。"玉骨"两句,
恨时光之迅速。末揭出凄寂之感。

王沂孙　(生卒年不详)字圣与,号碧山,又号中仙。会稽(今浙江绍兴)人。与张炎年辈相近。咸淳、景炎年间,与周密相往还。入元,曾为庆元路学正。约卒于元至正二十八年(1291)。工词,以咏物见长,寓家国之思。有《花外集》,又名《碧山乐府》。

眉　妩

新　月

　　渐新痕悬柳①,淡彩穿花,依约破初暝②。便有团圆意,深深拜③,相逢谁在香径?画眉未稳,料素娥犹带离恨④。最堪爱、一曲银钩小,宝帘挂秋冷⑤。

千古盈亏休问⑥。叹慢磨玉斧,难补金镜⑦。太液池犹在,凄凉处、何人重赋清景⑧?故山夜永,试待他、窥户端正。看云外山河,还老尽、桂花影⑨。

注释

① 新痕:新月一痕。

② 初暝:刚开始晦暗,指黄昏时刻。

③ 深深拜:宋金盈之《醉翁谈录》:"中秋……倾城人家子女,不以贫富,自能行至十二三,皆以成人之服服饰之,登楼或于中

庭焚香拜月，各有所期。"

④ "画眉"二句：语本唐李商隐《嫦娥》诗"嫦娥应悔偷灵药，碧海青天夜夜心"，及吴文英《声声慢》"新弯画眉未稳"。

⑤ "最堪爱"二句：语本秦观《浣溪沙》："宝帘闲挂小银钩。"银钩，指新月。

⑥ 盈亏：指月圆月缺。

⑦ "叹慢磨"二句：相传月乃七宝合成，势如丸，其影，日烁其凸处也，常有二万八千户修之。见《酉阳杂俎》。宋曾觌《壶中天慢》："何劳玉斧，金瓯千古无缺。"此谓金镜（金瓯）已缺，难以修补，寓亡国之痛。慢磨，空磨。

⑧ 太液池：汉代池名，旧址在今西安。唐卢多逊《咏月》诗："太液池边看月时，晚风吹动万年枝。谁家玉匣开金镜，露出清光些子儿。"清景：犹清光。

⑨ 云外山河：指元兵占领区。桂花影：相传月中有丹桂。宋何薳《春渚纪闻》卷七："王荆公言：'月中仿佛有物，乃山河影也。'至东坡先生亦有'正如大圆镜，写此山河影'。"老尽桂花影，谓月色昏暗。

辑评

清谭献《谭评词辨》卷一：圣与精能，以婉约出之。以诗派律之，大历诸家，去开、宝未远。玉田正是劲敌，但士气则碧山胜矣。"便有"三句，则寓意自深。音辞高亮。

清张惠言《词选》：碧山咏物诸篇，并有君国之忧。

清陈廷焯《白雨斋词话》卷二：碧山《眉妩》、《高阳台》、《庆清朝》三篇，古今绝唱……一片热肠，无穷哀感，《小雅》怨悱而不乱，诸词有焉。

又《云韶集》卷九：句句是新月，却句句望到十五。"渐"字及"便有"字，用得婉约。"千古"句将上阕意一笔撇去，有龙跳虎卧之奇。结更高简。

又《词则·大雅集》卷四：后半忽用纵笔，却又是虚笔，寄慨无端，别有天地，极龙跳虎卧之奇，海涵地负之观。

清江顺诒《词学集成》卷六：皋文《词选》云：碧山咏物诸篇，皆有君国之忧。"渐新痕悬柳"咏月一篇，喜君有恢复之志，而惜无贤臣也。诒案：此解亦古人所未有，而词家之有少陵，亦倚声家所亟欲推尊矣。

清沈祥龙《论词随笔》：咏物之作，在借物以寓性情。凡身世之感，君国之忧，隐然蕴于其内，斯寄托遥深，非沾沾焉咏一物矣。如王碧山咏新月之《眉妩》，咏梅之《高阳台》……皆别有所指，故其词郁伊善感。

高阳台

和周草窗《寄越中诸友》韵[①]

残雪庭阴，轻寒帘影，霏霏玉管春葭[②]。小帖金泥，不知春在谁家③？相思一夜窗前梦④，奈个人、水隔天遮⑤。但凄然、满树幽香，满地横斜⑥。

江南自是离愁苦，况游骢古道，归雁平沙⑦。怎得银笺，殷勤说与年华⑧？如今处处生芳草，纵凭高、不见天涯⑨。更消他，几度东风，几度飞花⑩。

注释

① 周草窗：周密。

② 玉管春葭：指立春将届。玉管，律管。葭，芦苇。此指芦苇内膜烧成的灰。据《后汉书·律历志》，古人以音乐十二律管应历法二十四节气。烧葭成灰，置于管内，至相应节气，葭灰即飞出。宋吴自牧《梦粱录》卷一"立春"："太史局例于禁中殿陛下，奏律管吹灰，应阳奏之象。"

③ 小帖金泥：即泥金色春帖子。宋周密《武林旧事》卷一《立春》："学士院撰进春帖子，帝后、贵妃、夫人、诸阁，各有定式，绛岁金缕，华粲可观。"

④ "不知"句：语本卢仝《有所思》诗："相思一夜梅花发，忽到窗前疑是君。"

⑤ 个人：那人、伊人，多指所爱之人。此指周密。

⑥ "满树"二句：语本林逋《山园小梅》："疏影横斜水清浅，暗香浮动月黄昏。"

⑦ "江南"三句：谓周密等北游。王沂孙《高阳台·怀陈君衡》亦

有"朔雪平沙……江雁孤回,天涯人自归迟"之句。

⑧ "怎得"二句:盼友人来信。银笺,书信的美称。

⑨ "如今"二句:化用苏轼《蝶恋花》:"天涯何处无芳草。"语本《楚辞·招隐士》:"王孙游兮不归,春草生兮萋萋。"

⑩ "更消"二句:化用辛弃疾《摸鱼儿》:"更能消、几番风雨,匆匆春又归去。"

辑评

清谭献《谭评词辨》卷一:"相思"句点逗清醒,换头又是一层勾勒;《诗品》云"返虚入浑","如今"二句是也。

清陈廷焯《词则·大雅集》卷四:无限哀怨,一片热肠,反复低回,不能自已。以视白石《暗香》、《疏影》,亦有过之无不及。词至是,乃蔑以加矣。词有碧山而词乃尊,以其品高也。古今不可无一,不可有二。词法莫密于清真,词理莫深于少游,词笔莫超于白石,词品莫高于碧山,皆圣于词者。

清王闿运《湘绮楼词选》:此等伤心语,词家各自出新,实则一也。

俞陛云《唐五代两宋词选释》:碧山与公谨并负时名,其交友多词坛遗逸,故公谨寄词,切时雨停云之感。碧山和之,亦有屋梁落月之思。此词前半首叙初春怀友,其经意在后半首,以蕴藉之笔,致缠绵之怀。"芳草天涯"句忧生念乱,情见乎辞。结句更有"来轸方遒"之概。

蒋捷 （生卒年不详）字胜欲，号竹山，阳羡（今江苏宜兴）人。宋度宗咸淳十年（1274）进士。入元不仕，隐居太湖竹山。元大德间宪使臧梦解等交章荐其才，终不肯出。工诗能词。有《竹山词》。

一剪梅

舟过吴江①

一片春愁待酒浇。江上舟摇，楼上帘招②。秋娘渡与泰娘桥③。风又飘飘，雨又萧萧。　　何日归家洗客袍④？银字笙调⑤，心字香烧⑥。流光容易把人抛。红了樱桃，绿了芭蕉。

注释

① 吴江：地名，在苏州南。

② 帘招：招引客人的酒幌子。

③ "秋娘"二句：蒋另有《行香子》词云："过窈娘堤，秋娘渡，泰娘桥。"可知皆吴江地名。

④ 洗客袍：即洗尘，远客归来，洗去征尘。

⑤ 银字笙：清沈雄《古今词话·词品》释："银字，制笙以银作字，饰其音节。"

辑评

清李佳《左庵词话》卷上:蒋竹山《一剪梅》有云:"银字笙调,心字香烧","红了樱桃,绿了芭蕉",久脍炙人口。

虞美人

听 雨

少年听雨歌楼上,红烛昏罗帐。壮年听雨客舟中,江阔云低、断雁叫西风。 而今听雨僧庐下,鬓已星星也①。悲欢离合总无情,一任阶前、点滴到天明。

注释

① 星星,指头发花白。晋左思《白发赋》:"星星白发,生于鬓垂。"

辑评

明徐士俊《古今词统》卷八:全学东坡"持杯"篇。(按,苏轼词亦调寄《虞美人》，云："持杯遥劝天边月，愿月圆无缺。持杯复更劝花枝，且愿花枝长在莫离披。持杯月下花前醉，休问荣枯事。此欢能有几人知，对酒逢花不饮待何时？"）

清王闿运《湘绮楼词选》云：此是小曲。"情"亦作"凭"，较胜。

王清惠 （生卒年不详）字仲华，宋度宗时昭仪（宫中女官）。恭帝德祐二年（1276），临安陷落后被元兵俘至大都（今北京），后自请为女道士。存词一首。

满江红①

太液芙蓉②，浑不似、旧时颜色。曾记得，春风雨露③，玉楼金阙④。名播兰簪妃后里，晕潮莲脸君王侧⑤。忽一声，鼙鼓揭天来⑥，繁华歇。　　龙虎散，风云灭⑦。千古恨，凭谁说？对山河百二⑧。泪盈襟血。客馆夜惊尘土梦，宫车晓碾关山月⑨。问嫦娥，于我肯从容，同圆缺？

注释

① 此词作于被俘之后。周密《浩然斋雅谈》卷下云："宋谢太后北觐，有王夫人题一词于汴京夷山驿中。"文天祥和词小序则云："王夫人至燕，题驿中云……中原传诵，惜末句欠商量。"误以王清惠屈节事元。此词当时影响甚大，和者还有汪元量、邓剡。

② 太液芙蓉：语本唐白居易《长恨歌》："太液芙蓉未央柳。"又：

264

"芙蓉如面柳如眉。"此以自喻。太液,池名,在唐长安大明宫中。

③ 春风雨露:喻君恩。

④ 玉楼金阙:指南宋临安宫殿。

⑤ 晕潮:指女子脸上羞红的颜色。

⑥ "鼙鼓"句:语本白居易《长恨歌》:"渔阳鼙鼓动地来,惊破霓裳羽衣曲。"以唐玄宗时安史之乱,以喻元兵入侵。鼙鼓,军中小鼓,先击之以应大鼓,亦名应鼓。揭天,震天。

⑦ "龙虎"二句:《易·乾》:"云从龙,风从虎。"后人多借喻帝王权势或人物际遇。此以龙虎风云散灭,喻南宋覆亡。

⑧ 山河百二:《史记·高祖本纪》:"秦,形胜之国,带河山之险,县隔千里,持戟百万,秦得百二焉。"此指南宋疆域。

⑨ 宫车:实指囚车。

辑评

清陈廷焯《词则·放歌集》卷二:凄凉怨慕。和者虽多,无出其右。

张炎 (1248—1320)字叔夏,号玉田,晚号乐笑翁。祖籍西秦,寓居临安。南宋初大将张俊六世孙,张枢之子。少时游赏湖山,结社填词。入元,家产被抄,流寓各地。至元二十七年(1290),曾应诏赴大都(今北京),次春南归,滞于吴越。有《山中白云词》。又著《词源》一书,精研音律,主张"清空",提倡雅词,为宋代重要词论著作。

清平乐①

　　候蛩凄断②,人语西风岸。日落沙平江似练③,望尽芦花无雁。　　暗教愁损兰成④,可怜夜夜关情。只有一枝梧叶,不知多少秋声。

注释

① 此词曾于元成宗大德四年(1300)赠陆行直(辅之),行直题于所画《碧梧苍石图》,见《珊瑚网·名画题跋》卷八。

② 候蛩(qióng):蟋蟀,因其应节候出没,故称。

③ 江似练:江水像一条白绸。语本南齐谢朓《晚登三山还望京邑》诗:"余霞散成绮,澄江静如练。"

④ 兰成:庾信,字子山,小字兰成。自南朝梁出使西魏被留,后事北周,常思南方,作《哀江南赋》。后世因称身仕两朝诗人为"兰成"。

辑评

清许昂霄《词综偶评》:("只有"二句)淡语能腴,常语有致,唯玉田为然。

清陈廷焯《云韶集》卷九:秋江图画,笔法自高,亦是因感有得。

又《白雨斋词话》卷二:玉田工于造句,每令人拍案叫绝。如……《清平乐》云:"只有一枝梧叶,不知多少秋声。"……此类皆精警无匹。

俞陛云《唐五代两宋词选释》:"梧叶"十二字如絮浮水,如露滴荷,虽沾而非著,词中胜境,妙手偶得之。欧阳公赋秋声,从广大处着笔,此从精微处着想,皆极文词之能事。

高阳台

西湖春感

接叶巢莺①,平波卷絮,断桥斜日归船②。能几番游,看花又是明年。东风且伴蔷薇住,到蔷薇、春已堪怜③。更凄然,万绿西泠④,一抹荒烟。　　当年燕子知何处⑤,但苔深韦曲,草暗斜川⑥。见说新愁,如今也到鸥边⑦。无心再续笙歌梦,掩重门、浅醉闲眠。莫开帘,怕见飞花,怕听啼鹃。

注释

① "接叶"句:语本唐杜甫《陪郑广文游何将军山林》诗:"卑枝低结子,接叶暗巢莺。"

② 断桥:在杭州西湖白堤东端。

③ "东风"二句:蔷薇花开时,连春接夏,故云"到蔷薇、春已堪怜"。

④ 西泠:桥名,在西湖孤山西侧。

⑤ "当年"句:写今昔沧桑之感,语本唐刘禹锡《乌衣巷》诗:"旧时王谢堂前燕,飞入寻常百姓家。"

⑥ "但苔深"二句:喻指杭州已变得荒凉。韦曲,在今陕西西安城南皇子陂西,唐代韦氏世居于此,故名。斜川,在江西星子、都昌二县间。陶渊明有《游斜川诗并序》状其美景。

⑦ "见说"二句:以鸥羽之白喻愁白之发。化用宋辛弃疾《菩萨蛮》:"拍手笑沙鸥,一身都是愁。"

辑评

清许昂霄《词综偶评》:淡淡写来,泠泠自转,此境大不易到。

清陈廷焯《云韶集》:情景兼到,一片身世之感。"东风"二语,虽是激迫之词,然音节却婉约。

又《白雨斋词话》卷二:凄凉幽怨,郁之至,厚之至,与碧山如出一手。乐笑翁集中亦不多见。

清谭献《复堂词话》：运掉虚浑。玉田云："最是过变，不可断了曲意。"

清张惠言《词选》：词意凄咽，兴寄显然，疑亦《黍离》之感。

清沈祥龙《论词随笔》：词贵愈转愈深……玉田云："东风且伴蔷薇住，到蔷薇春已堪怜。"下句即从上句转出，而意更深远。

梁启超《饮冰室评词》丁卷：麦丈云：亡国之音哀以思。

王国维《人间词话·删稿》："能几番游，看花又是明年"，此等语亦算警句耶？乃值如许笔力。

俞陛云《唐五代两宋词选释》引夏闰庵云：此词深婉之至，虚实兼到，集中压卷之作。

唐圭璋《唐宋词简释》："万绿"八字，写足湖上春尽，一片惨淡迷离之景。

解连环

孤 雁①

楚江空晚。怅离群万里，恍然惊散。自顾影、欲下寒塘①；正沙净草枯，水平天远。写不成书，只寄得、相思一点②。料因循误了，残毡拥雪，故人心眼③。　　谁怜旅愁茬苒④！谩长门夜悄⑤，锦筝弹怨⑥。想伴侣、犹宿芦花，也曾念春前，去程应转。暮雨相呼⑦，怕蓦地、玉关重见⑧。未羞他，双燕归来，画帘半卷⑨。

注释

① 欲下寒塘：孤雁降落栖息于寒塘。唐崔涂《孤雁》诗："寒塘欲下迟。"

② "写不成"二句：群雁齐飞，常排成"人"字或"一"字队列。此为孤雁，故云"写不成书"。

③ "残毡"二句：用雁足系书典。《汉书·李广苏建传》附载：苏武出使匈奴，被囚于大窖中，"绝不饮食。天雨雪，武卧啮雪与毡毛并咽之。数日不死"。数年后，汉使者至匈奴伪称天子于上林苑射得一雁，足有苏武所系帛书。匈奴信以为真，苏武遂得还。

④ 旅愁荏苒：旅愁渐生。荏苒，渐进的样子。

⑤ 长门：汉武帝陈皇后被废后居长门宫，愁闷悲思。唐杜牧《早雁》诗云："仙掌月明孤影过，长门灯暗数声来。"

⑥ "锦筝"句：唐钱起《归雁》诗："二十五弦弹夜月，不胜清怨却飞来。"瑟为二十五弦，此借用指筝。筝柱排列成行，如雁阵。

⑦ 暮雨相呼：崔涂《孤雁》诗中有"暮雨相呼失"句。

⑧ 玉关：玉门关，在今甘肃境内。

⑨ "双燕"二句：宋晁端礼《清平乐》："莫把绣帘垂下，妨他双燕

归来。"此喻不附新贵之意。

辑评

元孔齐《至正直记》:钱唐张叔夏尝赋《孤雁》词,有"写不成书,只寄得、相思一点",人皆称之曰"张孤雁"。

清李佳《左庵词话》卷下:张炎词:"写不成书,只寄得相思一点。"沈昆词:"奈一绳雁影斜飞,点点又成心字。"周星誉词:"无赖是秋鸿,但写人人,不写人何处。"三词咏雁字,各具巧思,皆不落恒蹊。

梁启勋《词学》下编:题曰《孤雁》,真能把"孤"字写到深刻处。

陈匪石《宋词举》:此为咏物之作。南宋人最讲寄托,于小中见大,为《乐府补题》所载者。玉田尤以刻画新警为工。首句侧入,"怅离群"九字,神来之笔,亦全篇作意。

俞陛云《唐五代两宋词选释》云:"写不成书"二句,写"孤"字入妙。即怀人之作,亦极缠绵幽渺之思,况咏孤雁? 人雁双关,允推绝唱。

吴激 (1090—1142)字彦高,号东山,建州(今福建建瓯)人。宋徽宗时宰相吴栻之子,书画家米芾之婿。北宋宣和四年(1122)至靖康二年(1127),出使金国被留并出仕,累官至翰林待制。金皇统二年(1142),出知深州,到官三日卒。工诗文,尤精于词,与蔡松年齐名,时号"吴蔡体"。有《东山乐府》。

人月圆

宴张侍御家有感①

　　南朝千古伤心事,犹唱《后庭花》②。旧时王谢,堂前燕子,飞向谁家③?　　恍然一梦,仙肌胜雪④,宫鬓堆鸦⑤。江州司马,青衫泪湿,同是天涯⑥。

注释

① 宋洪迈《容斋随笔》卷十三:"先公(洪皓)在燕山(今北京),赴北人张总侍御家集,出侍儿佐酒。中有一人,意态摧抑可怜。叩其故,乃宣和殿小宫姬也。坐客翰林直学士吴激作词纪之,闻者挥涕。"据《宋史·洪皓传》,宋高宗建炎三年(1129)五月,派洪皓使金,至绍兴十二年(1142)南归,则词即作于此时。

② "南朝"二句:南朝陈后主与狎客共赋新诗,采其尤艳者,有

《玉树后庭花》。见《陈书·后主传》。故唐杜牧《泊秦淮》诗：
"商女不知亡国恨，隔江犹唱《后庭花》。"感慨历代兴亡。

③ "旧时"三句：语本唐刘禹锡《乌衣巷》诗："旧时王谢堂前燕，
飞入寻常百姓家。"此喻宫姬。

④ "仙肌"句：《庄子·逍遥游》："藐姑射之山，有神人居焉，肌肤
若冰雪，绰约若处子。"此指宫姬貌美肤佳。

⑤ "宫鬓"句：形容宫姬鬓发高梳，黑而浓密。古乐府《西洲曲》：
"双鬓鸦雏色。"

⑥ "江州"三句：语本白居易《琵琶行》："座中泣下谁最多，江州
司马青衫湿"，"同是天涯沦落人，相逢何必曾相识"。

辑评

宋黄昇《花庵词选》续集卷二：二曲（此词及《春从天上来》
"海角飘零"）皆精妙凄婉，惜无人拈出。今录入选，必有能知其
味者。

金元好问《中州集》卷一《吴激》："南朝千古伤心事"、"谁挽
银河"等篇，自当为国朝第一手，而世俗独取《春从天上来》，谓不
用他韵，《风流子》取对属之工，岂真识之论哉。

又《中州集·中州乐府》：彦高北迁后，为故宫人赋此。时宇
文叔通亦赋《念奴娇》，先成而颇近鄙俚，及见彦高此作，茫然自
失。是后人有求作乐府者，叔通即批云："吴郎近以乐府名天下，
可往求之。"

金刘祁《归潜志》卷八：半是古人句，其思致含蓄甚远，不露

圭角，不犹胜于宇文(宇文虚中)自作哉。

清许昂霄《词综偶评》：花庵称其精妙凄婉，良然。然只是善于运化唐句耳。

清沈谦《填词杂说》：小令中调有排荡之势者，吴彦高之"南朝千古伤心事"、范希文之"塞下秋来风景异"是也……于此足悟偷声变律之妙。

清陈廷焯《白雨斋词话》卷三：感激豪宕，不落小家数。

清张德瀛《词徵》卷五：宣和殿小姬流落于金，为张待御侍儿，吴彦高赋《人月圆》词纪之，宇文叔通为之舌咋。

清叶申芗《本事词》卷下：二词(指本词及《春从天上来》"海角飘零")皆有故宫黍离之悲，南北无不传诵焉。

春从天上来

会宁府遇老姬，善鼓瑟，自言梨园旧籍，因感而赋此①

海角飘零。叹汉苑秦宫②，坠露飞萤。梦里天上，金屋银屏③。歌吹竞举青冥④。问当时遗谱，有绝艺、鼓瑟湘灵⑤。促哀弹，似林莺呖呖，山溜泠泠⑥。　梨园太平乐府⑦，醉几度东风，鬓变星星。舞彻中原，尘飞沧海，风雪万里龙庭⑧。写胡笳幽怨⑨，人憔悴、不似丹青。酒微醒，对一窗凉月，灯火青荧。

注释

① 会宁府：治所在今黑龙江阿城南白城。梨园：唐玄宗首创，宫中教习艺人的机构。此指北宋宫廷教坊。

② 汉苑秦宫：汉代的上林苑、秦时的阿房宫，为皇家林苑，这里代指北宋宫苑。

③ "梦里"二句：谓北宋宫殿已成幻影，切合老姬身世。金屋，用汉武帝金屋藏娇典，见《汉武故事》。银屏，白居易《长恨歌》："珠箔银屏迤逦开。"

④ "歌吹"句：谓曲调高入云霄。歌吹，歌曲与鼓吹，此指弹瑟。青冥，天空，云霄。

⑤ 湘灵：传说中的湘水之神。

⑥ "山溜"句：山溜，山间泉水。晋陆机《招隐》诗："山溜何泠泠，飞泉漱鸣玉。"

⑦ 太平乐府：指老姬在北宋教坊所唱歌颂太平的词曲。

⑧ 龙庭：匈奴单于的王庭，此指金朝首都会宁府。

⑨ 胡笳：我国北方少数民族的一种乐器。汉蔡文姬曾制《胡笳十八拍》，调极哀怨。

辑评

　　宋黄昇《花庵词选》续集卷二：二曲（前词及此词）皆精妙凄婉，惜无人拈出。今录入选，必有能知其味者。

　　金元好问《中州集·中州乐府》：好问曾见王防御公玉，说彦高此词句句用琵琶，故实引据甚明，今忘之矣。

　　清陈廷焯《词则·大雅集》卷四：故君之思，恻然动人。

元好问 （1190—1257）字裕之，号遗山，太原秀容（今山西忻县）人。唐诗人元结后裔。七岁能诗，金宣宗兴定五年（1221）进士。官至尚书省左司员外郎。金亡不仕。晚年从事著述编纂，诗文为一代宗匠。有《遗山集》四十卷，又辑《中州集》《中州乐府》。

清平乐

离肠宛转，瘦觉妆痕浅。飞去飞来双语燕，消息知郎近远①。　　楼前小雨珊珊，海棠帘幕轻寒。杜宇一声春去②，树头无数青山。

注释

① "飞去"二句：用宋陈克《谒金门》："花满院，飞去飞来双燕……消息不知郎近远，一春长梦见。"

② 杜宇：即杜鹃，相传为古蜀帝之魂所化，暮春时啼鸣哀婉。

辑评

清许昂霄《词综偶评》："飞去飞来"二语，可与冯延巳"双燕来时，陌上相逢否"为配。结句本于真人《凤栖梧》。

清陈廷焯《词则·大雅集》卷四：婉约近五代人手笔。

清况周颐《蕙风词话》卷三：（"飞去"二句）用冯延巳"双燕来

时,陌上相逢否"句意。彼未定其逢否,此则直以为知,唯消息近远未定耳。妙在能变化。

摸鱼儿

乙丑岁,赴试并州,道逢捕雁者云:"今日获一雁,杀之矣。其脱网者悲鸣不能去,竟自投于地而死。"予因买得之,葬之汾水之上,累石为识,号曰雁丘。时同行者多为赋诗,予亦有《雁丘词》。旧所作无宫商,今改定之①。

问人间、情是何物?直教生死相许。天南地北双飞客,老翅几回寒暑。欢乐趣,离别苦,是中更有痴儿女。君应有语,渺万里层云,千山暮景,只影向谁去?　　横汾路,寂寞当年箫鼓②。荒烟依旧平楚③。招魂楚些何嗟及④,山鬼暗啼风雨⑤。天也妒,未信与、莺儿燕子俱黄土。千秋万古,为留待骚人,狂歌痛饮,来访雁丘处。

注释

① 乙丑:金章宗完颜璟泰和五年,即宋宁宗开禧元年(1205)。并

州:今山西太原。汾水:即汾河,黄河支流,在今山西宁武、曲
沃、河津县境。雁丘:在今山西阳曲县。宫商:指词之音律。

② "横汾路"二句:语本汉武帝《秋风辞》:"泛楼船兮济汾河,横
中流兮扬素波。"

③ 平楚:登高远望,树梢齐平,故称平楚。楚,丛木。

④ 招魂:召唤死者灵魂。楚些:《楚辞》有《招魂》篇,以"些"字为
语助,故称楚些。

⑤ 山鬼:山神。《楚辞·九歌》有《山鬼》篇。

辑评

宋张炎《词源》卷下:《双莲》、《雁丘》,妙在摹写情态,立意
高远。

明陈霆《渚山堂词话》:其腔盖《摸鱼儿》也。是篇既出,其地
遂名雁丘云。

清陈廷焯《词则·别调集》卷三:大千世界一情场也。

又评下阕:悲风为我从天来。

摸鱼儿

泰和中,大名民家小儿女,有以私情不如意赴水
者,官为踪迹之,无见也。其后踏藕者得二尸水中,衣

服仍可验,其事乃白。是岁,此陂荷花开,无不并蒂者。沁水梁国用,时为录事判官,为李用章内翰言如此。此曲以乐府《双蕖怨》命篇。"咀五色之灵芝,香生九窍;咽三危之瑞露,春动七情",韩偓《香奁集》中自叙语①。

　　问莲根、有丝多少②,莲心知为谁苦?双花脉脉娇相向③,只是旧家儿女。天已许,甚不教、白头生死鸳鸯浦!夕阳无语。算谢客烟中④,湘妃江上⑤,未是断肠处。　　香奁梦,好在灵芝瑞露。人间俯仰千古。海枯石烂情缘在,幽恨不埋黄土。相思树⑥,流年度,无端又被秋风误⑦。兰舟少住。怕载酒重来,红衣半落,狼藉卧风雨。

注释

① 泰和:金章宗完颜璟年号(1201—1209)。相当于宋宁宗嘉泰元年至嘉定二年。大名:府名,今河北大名一带。沁水:县名,今属山西省。梁国用,生平事迹不详。录事判官,掌州郡总录众官署文簿,举弹善恶。李用章:名俊明,任金应奉翰林文字,因称内翰。九窍:通常称七窍。此处增以二孔,避免与下文"七情"犯重。三危:仙山名。《山海经·西山》:"三危之山,三青鸟居之。"七情:《礼记·礼运》:"何谓人情?喜、怒、哀、惧、爱、恶、欲,七者弗学而能。"韩偓:晚唐诗人。其诗多

写艳情,号"香奁体",有集一卷。

② 莲根:指藕。以上二句"丝"谐"思"、"莲"谐"怜",皆谐音双关语。

③ 脉脉:含情不语貌。

④ 谢客烟中:《嘉泰会稽志》卷十载,越中有渔者杨氏女,谢生求娶焉,遂偶之,不久瞑目而逝。后一年,江上烟花溶泄,见此女立于烟中,人称"烟中怨"。

⑤ 湘妃江上:相传虞舜南巡苍梧,其妃娥皇、女英追之不及,溺于湘江,遂为湘水之神,称湘妃。

⑥ 相思树:《搜神记》:"宋康王舍人韩凭娶妻何氏,美。康王夺之,凭自杀,妻投台而死。里人埋之,冢相望也。宿昔有大梓木生于二冢之端,有鸳鸯各一,恒栖树上,交头悲鸣,音声感人。宋人哀之,遂号其木曰相思树。"

⑦ "无端"句:用宋贺铸《芳心苦》"当年不肯嫁春风,无端却被秋风误"词意。

辑评

宋张炎《词源》卷下:《双莲》、《雁丘》(指前一首同调咏雁词),妙在摹写情态,立意高远。

清许昂霄《词综偶评》:绵至之思,一往而深,读之令人低徊欲绝。同时诸公和章,皆不能及。前云"天也妒",此云"天已许",真所谓"天若有情天亦老"矣。

赵孟頫 （1254—1322）字子昂,号松雪道人。宋太祖子秦王赵德芳之后,五世祖赵伯圭赐第湖州,遂为湖州人。宋末为真州司户参军。元至元中,以程钜夫荐授兵部郎中,官至翰林学士承旨。工书画,有《松雪词》一卷。

蝶恋花

　　侬是江南游冶子①,乌帽青鞋②,行乐东风里。落尽杨花春满地,萋萋芳草愁千里③。　　扶上兰舟人欲醉,日暮青山,相映双蛾翠。万顷湖光歌扇底,一声吹下相思泪。

注释

① 侬:古吴语,指我。

② 乌帽青鞋:闲居的便服。

③ "萋萋"句:春日芳草遍野的样子。《楚辞·招隐士》:"王孙游兮不归,芳草生兮萋萋。"

辑评

　　清沈雄《古今词话》引邵亨贞云:(孟頫)以承平王孙而遭世

蝶恋花（依是江南游冶子）

变,黍离之悲,有不能忘情者,故长短句得骚人之遗。

清陈廷焯《词则·别调集》卷三:凄凉哀怨,情不自已。

又《闲情集》卷二:凄凉哀怨,艳词中亦寓忧患之思。

虞集　(1272—1348)字伯生,号道园,又号邵庵。宋丞相虞允文五世孙。祖籍仁寿(今属四川),徙居江西崇仁。元成宗大德六年(1302),以荐授大都路儒学教授,历国子助教、博士、集贤修撰,累迁奎章阁侍书学士,卒赠江西行省中书省参知政事。其词清隽流丽,有《道园乐府》。

风入松

寄柯敬仲①

　　画堂红袖倚清酤②,华发不胜簪③。几回晚直金銮殿④,东风软,花里停骖⑤。书诏许传宫烛⑥,轻罗初试朝衫。　　御沟冰泮水挼蓝⑦,飞燕语呢喃。重重帘幕寒犹在,凭谁寄、银字泥缄⑧。报道先生归也,杏花春雨江南。

注释

① 柯敬仲:名九思,浙江仙居人,官至奎章阁鉴书博士。
② “画堂”句:言有歌女侑酒。红袖,指代美人。倚清酤,指饮酒。
③ “华发”句:语本唐杜甫《春望》诗:“白头搔更短,浑欲不胜簪。”华发,花白头发。

④ "几回"句：指供职翰林院。《文献通考·学士院》："故事：学士掌内庭书诏，故学士院常在金銮殿侧……前朝因金銮坡以为门名，与翰林院相接，故为学士者称金銮以美之。"晚直，晚上值班。

⑤ 停骖：停驻车马。骖，驾车之马。

⑥ "书诏"句：撰写诏书，准许传唤执烛宫人。此处用苏轼金莲炬送归学士院故事。见《宋史》本传。

⑦ 冰泮：冰冻已解。挼蓝：即揉蓝，喻水之澄清。

⑧ 银字泥械：书信的美称。械，通缄，信封。

辑评

元陶宗仪《辍耕录》：时虞邵庵先生在馆，赋《风入松》词寄之……词翰兼美，一时争相传刻，而此曲遂遍满海内矣。

明瞿佑《归田诗话》：曾见机坊以词织成帕，为时所贵重如此。张仲举（张翥）词云："但留意江南、杏花春雨，和泪在罗帕。"即指此也。

清王奕清《历代词话》卷七十一引《尧山堂外纪》：词翰兼美，一时传唱，机坊织其词为帕。

清陈廷焯《词则·别调集》卷三：天然神韵。

清况周颐《蕙风词话》卷三：此词当时传唱甚盛。宋俞国宝"一春长费赏花钱"体格于虞词为近，鲜翠流丽而已，亦复脍炙人口。此文字所以贵入时也。

张翥　（1287—1368）字仲举，晋陵（今江苏常州）人。学者称蜕庵先生。元世祖至元（1271）中，以荐为国子助教，分教上都。不久退居淮东，起为国史院编修，预修宋、辽、金三朝史，累迁翰林学士承旨，致仕，加河南行省平章政事。有《蜕庵词》二卷。

摘红英

莺声寂，鸠声急，柳烟一片梨云湿①。惊人困，教人恨。待到平明，海棠应尽②。　　青无力，红无迹。残香剩粉，那禁得天难准，晴难稳。晚风又起，倚阑怎忍！

注释

① 梨云：梨花云，白色云雾。唐王建《梦看梨花云歌》："薄薄落落雾不分，梦中唤作梨花云。"

② "待到"二句：化用李清照《如梦令》："试问卷帘人，却道海棠依旧。知否，知否，应是绿肥红瘦。"

辑评

清陈廷焯《词则·别调集》卷三：押韵陡险。

刘基 （1311—1375）字伯温，号犁眉，青田（今属浙江）人。元末进士，曾任浙东行省郎中、高安县丞。后弃官隐居。明太祖起事，聘至金陵，任御史中丞。后为胡惟庸谗毁，忧愤而死，追谥文成。有《诚意伯文集》。

千秋岁

淡烟平楚①，又送王孙去。花有泪，莺无语。芭蕉心一寸，杨柳丝千缕。今夜雨，定应化作相思树②。　　忆昔欢游处，触目成前古。良会远，知何许？百杯桑落酒③，三叠阳关句④。情未了，月明潮上迷津渚。

注释

① 平楚：即平林。

② 相思树：见前元好问《摸鱼儿》咏双莲词注⑥。

③ 桑落酒：古时的一种名酒。《水经·河水注》："（河东郡）民有姓刘名堕者，宿擅工酿，采挹河流，酿成芳酎。悬食同枯枝之年，排于桑落之辰，故酒得其名矣。"

④ 三叠阳关：即《阳关曲》，以王维《送元二使安西》诗为辞，古人

常于送别时唱。

辑评

清陈廷焯《词则·别调集》卷三：凄婉纤丽。

高启 （1336—1374）字季迪，号青丘子，又号槎轩，长洲（今苏州）人。元末隐居吴淞江之青丘，自号青丘子。明洪武初，召修元史，为编修，擢户部右侍郎，乞归。后因为文犯明太祖朱元璋讳，被腰斩。词以疏旷见长，有《扣舷词》。

沁园春

雁

木落时来，花发时归，年又一年。记南楼望信①，夕阳帘外，西窗惊梦，夜雨灯前②。写月书斜③，战霜阵整，横破潇湘万里天。风吹断，见两三低去，似落筝弦④。　　相呼共宿寒烟，想只在、芦花浅水边。恨呜呜戍角⑤，忽催飞起，悠悠渔火，长照愁眠⑥。陇塞间关⑦，江湖冷落，莫恋遗粮犹在田。须高举，教弋人空慕⑧，云海茫然。

注释

① 南楼望信：企盼亲人书信的意思。古人有大雁传书的传说。唐赵嘏《寒塘》诗："乡心正无限，一雁度南楼。"

② "西窗"二句：语本唐李商隐《夜雨寄北》诗："何当更剪西窗

烛,却话巴山夜雨时。"

③ "写月"句:谓月下雁行似书写的斜行文字。

④ 筝弦:琴筝弦索。大雁飞行成阵,如筝柱排列有序,故常以为喻。语本李商隐《昨日》诗:"十三弦柱雁行斜。"

⑤ 戍角:军中的号角,此泛指角吹之声。

⑥ "悠悠"二句:语本唐张继《枫桥夜泊》诗:"江枫渔火对愁眠。"

⑦ 陇塞:西北边塞,指鸿雁所到之处。间关,谓道路崎岖难行。

⑧ 弋人:猎鸟者。

辑评

清陈廷焯《白雨斋词话》卷三:托意高远。先生能言之,而终自不免,何也?

石州慢

春 感

落了辛夷①,风雨频催,庭院潇洒。春来长怎②,乐章懒按③,酒筹慵把④。辞莺谢燕,十年梦断青楼⑤,情随柳絮犹萦惹。难觅旧知音,托琴心重写⑥。   妖冶,忆曾携手,斗草阑边⑦,买花帘下。看到辘轳低转⑧，秋千高打。如今甚处，纵有团扇轻衫，与谁更走章台马⑨？回首暮山青，又离愁来也。

注释

① 辛夷：香木名。初出时，苞长如笔，故又名木笔。

② 长恁：长是如此。

③ "乐章"句：谓懒得填词制曲。

④ 酒筹：饮酒计数的筹码。此指饮酒。

⑤ "十年"句：语本唐杜牧《遣怀》诗："十年一觉扬州梦，赢得青楼薄倖名。"

⑥ 琴心：以琴曲倾诉心中爱情。《史记·司马相如列传》："是时卓王孙有女文君新寡，好音。故相如缪与令相重，而以琴心挑之。"

⑦ 斗草：古代女子有斗百草之戏。

⑧ 辘轳：旧时井旁用以汲水的机械。

⑨ 章台：指妓馆聚居之处。

辑评

清沈雄《古今词话》云：青丘乐府大致以疏旷见长，而《石州慢》又极缠绵之致。"绿杨芳草"、"年少抛人"，晏元献何必作妇人语？

张红桥 （生卒年不详）明洪武间闽中才女,居闽县红桥之西,因号红桥。雅丽有诗名,与"闽中十才子"之首林鸿有深交,唱和甚多。后林鸿适金陵,独坐小楼,感念成疾,不数月而卒。其词传者甚少,仅《念奴娇》一首,又《蝶恋花》一词混入林鸿《鸣盛集》。

念奴娇

凤凰山下①,恨声声、玉漏今宵易歇②。三叠阳关歌未尽,城上栖乌催别。一缕情丝,两行清泪,渍透千重铁。重来休问,尊前已是愁绝③。　　还忆浴罢描眉,梦回携手,踏碎花间月。漫道胸前怀豆蔻④,今日总成虚设。桃叶津头,莫愁湖畔,远树云烟叠⑤。剪灯帘幕,相思与谁同说?

注释

① 凤凰山:指今福建同安县北的大凤山。《一统志》:"同安北山延袤,形如凤翅,故名大凤山。"
② 玉漏:古代计时器。
③ 尊前:指饯别宴前。
④ 豆蔻:语本唐杜牧《赠别》诗:"娉娉袅袅十三余,豆蔻梢头二

月初。"此指怀有少女恋情。

⑤ "桃叶"三句：皆写林鸿所在之金陵景象。桃叶津，即桃叶渡，
在今江苏南京秦淮河畔。莫愁湖，在今江苏南京水西门外，
明初为中山王徐达家园，相传六朝时有女子莫愁居此，故名。

辑评

清沈雄《古今词话》：林（鸿）游金陵作《念奴娇》留别，红桥次
韵答之，后段云"还忆浴罢描眉……荧荧与谁闲说"。胡颖瑗曰：
"《念奴娇》二首，一则打算归来，一则商量去后，情事如见。"

清王端淑《名媛诗纬初编·诗余集》：上是别时泪，下是别后
思，不想铜琵琶、铁绰板，竟化作渭城柳、阳关叠，使苏学士见红
桥此词，亦当掀髯拜倒。

文徵明 (1470—1559)字徵仲,号衡山,长洲(今苏州)人。正德末,以岁贡授翰林待诏,三年即辞归。与唐寅、徐祯卿、祝允明并称"吴中四才子",主吴中风雅之盟三十余年。书、画、诗、词,并负盛名。有《甫田集》。

满江红

漠漠轻阴①,正梅子、弄黄时节。最恼是、欲晴还雨,乍寒又热。燕子梨花都过也,小楼无那伤春别②。傍阑干,欲语更沉吟,终难说。　　一点点,杨花雪;一片片,榆钱荚③。渐西垣日隐④,晚凉清绝。池面盈盈清浅水,柳梢淡淡黄昏月。是何人,吹彻玉参差⑤,情凄切。

注释

① 漠漠轻阴:唐韩愈《同水部张员外曲江春游寄白二十二舍人》诗:"漠漠轻阴晚自开,青天白日映楼台。"漠漠,烟霭弥漫的样子。

② 无那:无奈。

③ 榆钱荚:榆荚,榆树果实,因状似钱而成串,故称。

④ 西垣:西面矮墙头。

⑤ 玉参差：即洞箫。一说为笙。屈原《九歌·湘君》："望夫君兮未来，吹参差兮谁思。"

辑评

清陈廷焯《词则·别调集》卷三：芊绵婉约，得北宋遗意。

杨慎 (1488—1559)字用修,号升庵,新都(今属四川)人。明正德六年(1511)进士第一,授翰林修撰。嘉靖时充经筵讲官。直言极谏,两受廷杖,谪戍云南礼昌尉。卒于贬所。著作之富,为明代第一。有《升庵集》、《升庵长短句》。

浪淘沙

　　春梦似杨花,绕遍天涯。黄莺啼过绿窗纱。惊散香云飞不去,篆缕烟斜①。　　油壁小香车②,水渺云赊③。青楼珠箔那人家④。旧日罗巾今日泪,湿透韶华⑤。

注释

① "惊散"二句:形容篆香烟缕袅袅横斜。篆缕,香烟盘绕如篆字。

② 油壁车:古代妇女所乘的一种车辆。古乐府《钱塘苏小歌》:"妾乘油壁车,郎骑青骢马。"

③ 赊(shē,旧读 shā):渺茫。

④ 青楼:富贵人家的闺阁。三国魏曹植《美女篇》:"青楼临大路,高门结重关。"亦指妓院。

⑤ 韶华:青春年华。

辑评

清陈廷焯《词则·闲情集》卷二：此词绝沉至。明代才人，自以升庵为冠，词非专长，偶一涉猎，却有独到处。

清张德瀛《词徵》卷六：扬子云云："词人之赋丽以淫。"升庵词烂若编贝，然丽以淫矣。其《江月晃重山》、《浪淘沙》诸阕，又议礼谪戍泸州时所作。

俞彦 （约 1615 年在世）字仲茅,上元(今江苏南京)人。明万历二十九年(1601)进士,性至孝,甫登第,即上疏乞终养。母殁,授兵部主事,历光禄寺少卿。工词,尤长于小令,以淡雅见称。有《俞少卿乐府》及《爱园词话》。

长相思

折花枝,恨花枝。准拟花开入共卮①,开时人去时。　怕相思,已相思。轮到相思没处辞,眉间露一丝。

注释

① 准拟:打算。共卮:共同饮酒。卮(zhī),酒杯。

辑评

清王士禛《花草蒙拾》:俞仲茅小词云"轮到相思没处辞,眉间露一丝",视易安"才下眉头,却上心头",可谓此儿善盗。然易安亦从范希文"都来此事,眉间心上,无计相回避"语脱胎,李特工耳。

沈宜修 （1590—1635），女，字宛君，吴江（今属江苏）人。同邑叶绍袁妻，叶小鸾母。一门风雅，蜚声乡邑。有《午梦堂集》、《鹂吹集》。

望江南

冬 景

河畔草①，一望尽凄迷。金勒不嘶新寂寞②，青袍难觅旧葳蕤。野烧又风吹③。　　蝴蝶去，何处问归期？一架秋千寒月老，满庭鹈鴂故园非④。空自怨萋萋⑤。

注释

① 河畔草：语本《古诗十九首》："青青河畔草，绵绵思远道。"

② 金勒不嘶：谓行人去远。金勒，指马。

③ "青袍"二句：寓别离太久之意。青袍，草色。北周庾信《哀江南赋》："青袍如草，白马如练。"葳蕤，草木纷披貌。"野烧"句化用白居易"野火烧不尽，春风吹又生"诗意，借草之生灭，寓别离之年复一年。

④ 鹈鴂(tí jué)：杜鹃鸟。

⑤ 萋萋：语本《楚辞·招隐士》："王孙游兮不归，春草生兮萋

萋。"隐寓对丈夫的思念。

辑评

《御选历代诗余》卷一百二十:吴江叶仲韶之配沈宜修,字宛君。一女名纨纨,字昭齐,有《愁言集》。一女名小鸾,字琼章,有《返生香集》……填词甚富,尽称令晖、道韫萃于一门。惜乎天靳之以年也。

张倩倩　(1593—1626)，女，吴江(今江苏)人，沈自徵妻，叶小鸾舅母。小鸾幼时承其教养。自徵裘马轻狂，京师塞外，久游不归。倩倩幽居抑郁，憔悴以终。工诗词，不耐聚稿，惟小鸾记诵数首而已。

蝶恋花

丙寅寒夜，与宛君谈君庸流落，相对泣下而作[①]

漠漠轻阴笼竹院。细雨无情，泪湿霜花面[②]。试问寸肠何样断？残红碎绿西风片。　　千遍相思才夜半。又听楼前，叫过伤心雁。不恨天涯人去远，三生缘薄吹箫伴[③]。

注释

① 丙寅：明熹宗天启六年(1626)。宛君：叶小鸾母沈宜修字。君庸：张倩倩丈夫沈自徵字。

② 霜花面：粉面，着妆后的姣好面容。

③ “三生”句：三生，佛家语，指前生、今生、来生。吹箫伴，语本《列仙传》秦穆公以女弄玉妻萧史，后吹箫引凤而去。此以善吹箫的萧史喻指其夫沈自徵。

辑评

清王端淑《名媛诗纬初编·诗余集》：情至之词，自然感于心胸，虽欲脱略，而伤心自见。

陈子龙 （1608—1647）字人中，号大樽，又字卧子。华亭(今上海松江)人。明崇祯十年(1637)进士，为绍兴推官，因定乱有功，擢为兵科给事中。清兵入关，子龙上书南京福王陈防守要策，不纳，辞归。起兵于松江，事败，避居山中，联络太湖义军，事泄被捕，投水而死。有《陈忠裕公集》及《湘真阁词》。

山花子①

春 恨

　　杨柳迷离晓雾中，杏花零落五更钟。寂寂景阳宫外月②，照残红。　　蝶化彩衣金缕尽③，虫衔画粉玉楼空④。惟有无情双燕子，舞东风。

注释

① 此调即《摊破浣溪沙》。

② 景阳宫：南朝宫殿名。《南齐书·皇后传》："置钟于景阳楼上，宫人闻钟声早起妆饰。"此借指南明宫殿。

③ "蝶化"句：语本《罗浮山志》："山有蝴蝶洞，在云峰岩下，古木丛生，四时出彩蝶，世传葛仙遗衣所化。"

④ "虫衔"句：意谓玉楼琼殿已被虫子蛀蚀一空。

虞美人

枝头残雪余寒透,人影花阴瘦。红妆悄立暗销魂,镇日相看无语又黄昏①。　　　香云黯淡疏更歇②,惯伴纤纤月。冰心寂寞恐难禁③,早被晓风零乱又春深。

注释

① 镇日:整天。

② 香云:女子鬓发。疏更:稀疏的更鼓声。

③ 冰心:比喻心之清明纯洁。唐王昌龄《芙蓉楼送辛渐》诗:"洛阳亲友如相问,一片冰心在玉壶。"

辑评

清陈廷焯《词则·闲情集》卷二:情不自禁,写来婉折入妙,不流于邪,所谓丽而有则。

吴伟业 （1609—1672）字骏公，号梅村，太仓（今属江苏）人。弱冠，举明崇祯辛未（1631）科会试第一，授翰林院编修，迁左庶子。南明时官少詹事。与马士英、阮大铖不合，告假归。南都亡，隐居乡里十年。清顺治九年（1652），以荐奉诏，次年授秘书院侍讲，充太祖、太宗《圣训》纂修官。十三年，迁国子监祭酒。以病乞归。诗名甚著，为"江左三大家"之一。有《梅村集》、《梅村诗余》。

浣溪沙

闺 情

断颊微红眼半醒，背人蓦地下阶行。摘花高处赌身轻。　　细拨熏炉香缭绕①，嫩涂吟纸墨欹倾②。惯猜闲事为聪明。

注释

① 熏炉：用来熏香和取暖的炉子。

② "嫩涂"句：形容初学写诗时墨迹欹侧不正。

辑评

孙豹人："赌身轻"，"猜闲事"，写丽人情性入微。嫩涂吟纸，更是闺中雅致。（《国朝名家词余》引）

清陈廷焯《词则·闲情集》卷三：何等姿态！妖冶极矣，然传神绘影，却不伤雅。千古咏美人者，说不到此。

清谭献《箧中词》评云：本色词人语。

临江仙

逢　旧

落拓江湖常载酒，十年重见云英，依然绰约掌中轻①。灯前才一笑，偷解砑罗裙②。　　薄倖萧郎憔悴甚③，此身终负卿卿④。姑苏城上月黄昏⑤。绿窗人去住⑥，红粉泪纵横。

注释

① "落拓"三句：化用杜牧《遣怀》诗："落魄江湖载酒行，楚腰纤细掌中轻。"云英，唐钟陵妓。何光远《鉴戒录》："罗秀才隐……初赴举之日，于钟陵筵上与娼妓云英同席。一纪后下第，复与云英相见。云英抚掌曰：'罗秀才犹未脱白耶？'隐虽内耻，寻又嘲之云：'钟陵醉别十余春，重见云英掌上身。我未成名君未嫁，可能俱是不如人。'"掌中轻，极言体态轻盈。

② 研(yà)罗裙：研光的罗裙。

③ 萧郎：原指梁武帝萧衍。《梁书·武帝纪》："(王)俭一见，深相器异，谓庐江何宪曰：'此萧郎三十内当作侍中，出此则贵不可言。'"后指为女子所爱男子。

④ 卿卿：男女间昵称。上卿字为动词，下卿字犹"你"。

⑤ 姑苏：今江苏苏州。

⑥ 绿窗人：指所逢歌妓。五代韦庄《菩萨蛮》："绿窗人似花。"去住：去留。

辑评

尤侗：此赠卞玉京作。杜秋之感，正难为情。（《国朝名家诗余》引）

又邓孝臧：总是无聊情绪，借红袖发之，以为流连金粉，非善知宫尹者。

靳荣藩《吴诗集览》：逸情隽上，非大苏不能。

又：此词盖为卞玉京作。历落缠绵，声情俱佳，自属集中高唱。

清陈廷焯《白雨斋词话》卷三：一片身世之感，胥于言外见之，不第以丽语见长也。"姑苏"七字超脱。

又：哀艳而超脱，直是坡仙化境。

清沈雄《古今词话·词品》："灯前才一笑，偷解研罗裙"，吴伟业《临江仙》句。吴祭酒多有外好，时复遇之，有谓此词直道其事，即美成《少年游》意。

叶小鸾 （1616—1632），女，字琼章，又字瑶期，吴江(今江苏吴江)人。叶绍袁与沈宜修之三女。出生四个月，即由舅父母沈自徵、张倩倩抚养。十岁时张倩倩病故，始归家，学吟咏，善琴棋书画。聘于昆山张维鲁之子张立平，嫁前五日而殁，年仅十七。词风俊逸清新，渐趋沉郁。有《返生香词》。

浣溪沙

书 怀

几欲呼天天更赊①，自知山水此生遄②。谁教生性是烟霞③？　　屈指数来惊岁月，流光闲去厌繁华。何时骖鹤到仙家④？

注释

① 赊：遥远。

② 此生遄：谓将逝去。遄，逝。

③ “谁教”句：谓有酷爱山水之癖。

④ “何时”句：谓登仙而去。骖鹤，驾鹤。

辑评

《御选历代诗余》卷一百二十：吴江叶仲韶之配沈宜修，字宛君。一女名纨纨,字昭齐,有《愁言集》。一女名小鸾,字琼章,有《返生香集》……填词甚富,尽称令晖、道韫萃于一门。惜乎天靳之以年也。

赵尊岳《返生香词跋》:弥留诵佛号,明朗清澈……天寥(父叶绍袁号)恸极,以叩乩仙,谓得仙籍,为玉皇修文女史……其事凄艳,率载于《窈文续》、《窈文篇》中。

柳如是 （1618—1664），女，本姓杨，名爱儿，号影怜。又号我闻居士、河东君。浙江嘉兴人。初为吴江周相婢，继为盛泽归家院妓，与陈子龙等交往，后归钱谦益，助其与瞿式耜、郑成功等抗清义师通，劝其不降清。能诗词书画，有《东山酬和集》。

金明池

咏寒柳

有恨寒潮，无情残照，正是萧萧南浦。更吹起、霜条孤影，还记得、旧时飞絮。况晚来、烟浪迷离①，见行客，特地瘦腰如舞。总一种凄凉，十分憔悴，尚有燕台佳句②。　　春日酿成秋日雨。念畴昔风流，暗伤如许。纵饶有③，绕堤画舫，冷落尽、水云犹故。忆从前、一点东风，几隔着重帘，眉儿愁苦。待约个梅魂，黄昏月淡，与伊深怜低语④。

注释

① 烟浪：笼罩着雾气的波浪。

② 燕台佳句：唐李商隐有《燕台四首》，深受洛中妓柳枝赏识。其《柳枝五首·序》云："柳枝年十七……余从昆让山比柳枝

金明池（有恨寒潮）

居为近。他日春曾阴,让山下马柳枝南柳下,咏余《燕台》诗。柳枝惊问:'谁人有此? 谁人为是?'……明日,余比马出其巷,柳枝丫鬟毕妆,抱立扇下。"此以柳枝自喻,而以李商隐喻所知遇之名士。

③ 纵饶:纵然,尽管。

④ "待约个"三句:柳如是身贱志高,既知不可能嫁给青年名士,便想在老年名士中寻觅归宿,于二十三岁,嫁常熟五十九岁钱谦益。此处以"梅魂"喻钱谦益。

辑评

清陈廷焯《词则·别调集》卷六:情景兼到,用笔亦洒落有致。

又:去路甚别致。

清谢章铤《赌棋山庄词话》卷十:味其词,正有无数伤心处也。乃风尘虽脱,而依归尚非第一流,卒之君负国,妾不负君,苍凉晚节,此尤红颜之薄命欤? 使当日不见拒于黄陶庵,则依停忠魂,岂至留此一种缺憾哉? 陈云伯令常熟,重修河东君墓,有记。查伯葵为作墓碣,其文俱极骈丽。嗟乎! 明社将屋,青楼女子独多倜傥不群。

陈维崧　（1625—1682）字其年，号迦陵，宜兴（今属江苏）人。清康熙十八年（1679），召试博学鸿词科，授检讨，纂修《明史》。初师云间陈子龙，又与常州邹祗谟、董文友唱和。文工骈体，尤以词名，开阳羡词派，与朱彝尊、纳兰性德并称清初三大家。有《湖海楼词》。

浣溪沙

红桥怀古①

清浅雷塘水不流②，几声寒笛画城秋。红桥犹自倚扬州。　　五夜香昏残月梦③，六宫花落晓风愁。多情烟树恋迷楼④。

注释

① 红桥：在扬州城西北二里，近平山堂，为游览胜地。

② 雷塘：在扬州城北。唐武德五年，改葬隋炀帝于此。

③ 五夜：五更。

④ 迷楼：旧址在今扬州市北观音山上。隋炀帝时命浙人项升设计，经年筑成，回环四合，人入之终日不能出，故名为迷楼。

辑评

清陈廷焯《白雨斋词话》卷八：婉雅芊丽，渔洋（王士禛）一阕外,断推此为佳构。然两词皆文过于质。其传诵一时者,正以文胜也。

清徐釚《词苑丛谈》卷九:红桥在平山堂、法海寺之侧。王贻上(士禛)司理扬州日,与诸名士游燕,酒间小有倡酬,江南北颇流传之,于是过广陵者多问红桥矣……淮阴丘象随和云:"清浅雷塘水不流……"(按:此词为陈维崧作,《词苑丛谈》误。)

朱彝尊　（1629—1709）字锡鬯（chàng），号竹垞（chá），又号金风亭长。嘉兴（今属浙江）人。清康熙十八年（1679），举博学鸿词科，授检讨，寻入值南书房，预修《明史》。三十一年罢归，全力著述。诗名与王士禛相侔，称南北二宗，词名与陈维崧、纳兰性德相埒，称清初三大家。词宗姜夔、张炎。编有《词综》，创浙西词派，标举醇雅。有《曝书亭词》。

桂殿秋①

　　思往事，度江干②，青蛾低映越山看③。　共眠一舸听秋雨，小簟轻衾各自寒④。

注释

① 此调即《捣练子》。相传朱彝尊与妻妹冯寿常情意暧昧，此词即自寓心迹。
② 江干：江岸。
③ 青蛾：眉黛，兼喻越山（钱塘江南岸之山）。
④ 簟：竹席。

辑评

　　清丁绍仪《听秋声馆词话》卷二：史梅溪《燕归梁》云："独卧秋窗桂未香……"竹垞太史仿其意，而变其辞为《桂殿秋》云（略），较梅溪词尤含意无尽。

清况周颐《蕙风词话》卷五：或问国朝词人，当以谁氏为冠？再三审度，举金风亭长对。问佳构奚若？举《捣练子》云云。

摸鱼儿

粉墙青、虬檐百尺①，一条天色催暮。洛妃偶值无人见，相送袜尘微步②。教且住。携玉手潜行，莫惹冰苔仆。芳心暗诉。认香雾鬟边③，好风衣上，分付断魂语④。　　双栖燕，岁岁花时飞度。阿谁花底催去？十年镜里樊川雪⑤，空袅茶烟千缕。离梦苦。浑不省，锁香金箧归何处。小池枯树。算只有当时，一丸冷月，犹照夜深路。

注释

① 虬檐：饰有虬龙的飞檐。

② "洛妃"二句：曹植《洛神赋》："凌波微步，罗袜生尘。"此指与恋人相携相送。

③ 香雾鬟边：杜甫《月夜》诗："香雾云鬟湿。"

④ 断魂：指哀伤。

⑤ "十年"句：谓年华渐老，镜里出现白发。樊川，指唐诗人杜

牧。杜有《遣怀》诗云："十年一觉扬州梦,赢得青楼薄倖名。"

辑评

清陈廷焯《词则·闲情集》卷四:情词俱臻绝顶,摆脱绮罗香泽之态,独饶仙艳,自非仙才不能。

又:凄艳独绝,是从风骚乐府来,非晏欧周柳一派也。

长亭怨慢

雁

结多少、悲秋俦侣,特地年年,北风吹度。紫塞门孤①,金河月冷恨谁诉②?回汀枉渚③,也只恋江南住。随意落平沙,巧排作、参差雁柱④。　　别浦,惯惊疑莫定,应怯败荷疏雨。一绳云杪⑤,看字字悬针垂露⑥。渐敧斜、无力低飘;正目送、碧罗天暮⑦。写不了相思,又蘸凉波飞去。

注释

① 紫塞:此指北方边塞。崔豹《古今注》:"秦筑长城,土色皆紫。汉塞亦然。一曰雁门草色皆紫,故名紫塞。"

318

② 金河：现名大黑河，流经内蒙古中部，在托克托旗入黄河。

③ 回汀枉渚：谓在水边洲际盘旋不定。

④ "随意"二句：谓雁落平沙，犹如参差不齐的筝柱。

⑤ 一绳：喻排成"一"字的雁阵。

⑥ "看字字"句：形容不同的雁行像书法中的两种笔势。《初学记》卷二一王愔《文字志》："悬针，小篆体也。字必垂画细末。细末纤直如悬针。"又云："垂露书，如悬针而势不遒劲，阿那若浓露之垂。"

⑦ 碧罗天：天空似绿绸。

辑评

清陈廷焯《白雨斋词话》卷三：感慨身世，以凄切之情，发哀婉之调，既悲凉，又忠厚，是竹垞直逼玉田（张炎）之作，集中亦不多见。

高阳台

吴江叶元礼，少日过流虹桥，有女子在楼上，见而慕之，竟至病死。气方绝，适元礼复过其门。女之母以女临终之言告叶。叶入哭，女目始瞑。友人为作传，余记以词①。

桥影流虹，湖光映雪，翠帘不卷春深。一寸横波②，断肠人在楼阴。游丝不系羊车住③，倩何人、传语青禽④？最难禁，倚遍雕阑，梦遍罗衾。　　重来已是朝云散⑤，怅明珠佩冷，紫玉烟沉。前度桃花，依然开满江浔⑥。钟情怕到相思路，盼长堤草尽红心。动愁吟，碧落黄泉，两处谁寻⑦？

注释

① 吴江：今属江苏。叶元礼：名舒崇，叶绍袁与沈宜修之子，叶小鸾之兄。少有隽才，美丰仪，望之如神仙，诗与古文名重一时，康熙中进士。流虹桥：即垂虹桥，在今吴江市东。

② 横波：喻眼神流动，有如水波。

③ 羊车：羊拉的小车。典出《晋书·卫玠传》："总角乘羊车入市，见者皆以为玉人，观之者倾都。"此句以卫玠喻叶元礼，指其仪态潇洒。

④ 青禽：青鸟，传说中西王母使者，事见《汉武故事》。

⑤ "朝云"散：指女子已逝。用宋玉《高唐赋》巫山神女典。

⑥ 前度桃花：用唐崔护《都城南庄》诗意，寓物是人非的今昔感慨。

⑦ "碧落"二句：生死异途，无处追寻。白居易《长恨歌》："上穷碧落下黄泉，两处茫茫都不见。"

辑评

清陈廷焯《词则·别调集》卷三:凄警绝世。

清谭献《箧中词》:遗山(元好问)、松雪(赵孟𫖯)所不能为。

屈大均 （1630—1696）初名绍隆，字翁山，广东番禺人。明末诸生，曾从其师陈邦彦起兵抗清，并至永历帝行在肇庆上《中兴六大典书》，又曾为郑成功献攻金陵之策。明亡后出家为僧，法名今种，字一灵。后浪游四方，志在复明，中年反初服，复今名。工诗，与陈恭尹、梁佩兰，号岭南三大家。有《道援堂词》。

梦江南

悲落叶，叶落绝归期。纵使归来花满树，新枝不是旧时枝。且逐水流迟。

辑评

清况周颐《蕙风词话》卷五："且逐水流迟"五字，含有无限凄婉，令人不忍寻味，却又不容已于寻味。

清叶恭绰《广箧中词》云：一字一泪。

王士禛 (1634—1711)字贻上,号阮亭,别号渔洋山人。新城(今山东桓台)人。清顺治十五年(1658)举会试,选扬州推官,由礼部主事累迁少詹事,官至刑部尚书。卒谥文简。为清初著名诗人,力倡神韵之说,余力填词,特长小令。有《衍波词》。

浣溪沙

红桥同箬庵、茶村、伯玑、其年、秋崖赋①

北郭青溪一带流,红桥风物眼中秋。绿杨城郭是扬州。　　西望雷塘何处是②,香魂零落使人愁。淡烟芳草旧迷楼。

注释

① 词作于清康熙五年(1666)六月。箬庵:袁于令号,吴县人,诸生,有《西楼记》等传奇。茶村:杜濬号,字于皇,黄冈人,明季诸生,入清后隐居金陵。伯玑:陈允衡字,江西建昌人,以诗名,有《宝琴馆集》,编有《国雅》。其年:即陈维崧。秋崖:曹岳字,泰兴人,从董其昌学山水画。

② 雷塘:见前陈维崧《浣溪沙》注②。后面"迷楼"见同词注④。

辑评

清徐釚《词苑丛谈》卷九:红桥在平山堂、法海寺之侧,王贻上司理扬州日，与诸名士游燕，酒间小有倡酬，江南北颇流传之，于是过广陵者多问红桥矣。司理在红桥赋《浣溪沙》云："北郭清溪一带流……"

清冯金伯《词苑萃编》卷之八《品藻》：扬州为自古宦游之地，欧、苏俱有小词……六百年而阮亭妙绝当时，始继其响。

清陈廷焯《词则·大雅集》卷五：字字骚雅。渔洋小令之工，直逼五代北宋。"绿杨"七字，江淮间取作图画。

又《白雨斋词话》卷八：遣词琢句，较五代人更觉苕雅。

清况周颐《蕙风词话》卷五：渔洋冶春红桥，风流文采，焜映湖山。

蝶恋花

和漱玉词①

凉夜沉沉花漏冻②。敧枕无眠，渐听荒鸡动③。此际闲愁郎不共，月移窗罅春寒重④。　　忆共锦裯无半缝⑤。郎似桐花，妾似桐花凤⑥。往事迢迢徒入梦，银筝断绝连珠弄⑦。

注释

① 漱玉词：后人辑李清照词为《漱玉词》。此词和李清照本调

324

"暖雨晴风初破冻"一首,乃写艳情。

② 花漏冻:极言室内寂静,衬写女子孤独的心境。花漏,铜壶滴漏(古代计时器)之美称。冻,谓壶中之水已经凝固,形容时间过得很慢。

③ 荒鸡:夜间三鼓以前打鸣的鸡,旧时以为兵起之象。

④ 窗罅:窗户的缝隙。

⑤ 锦裯(chóu):锦被。乐府《合欢诗》:"寝共无缝裯。"裯,一作衾。

⑥ 桐花凤:唐李德裕《画桐花凤扇赋·序》:"成都夹岷江矶岸,多植紫桐。每至暮春,有灵禽五色,小于玄鸟,来集桐花,以饮朝露。及华落则烟飞雨散,不知其所往。"

⑦ "银筝"句:谓筝上不能弹奏出《连珠弄》乐曲。

辑评

清丁绍仪《听秋声馆词话》卷四:吾乡孙文靖论词,谓"妾是桐花郎是凤,倚声谁辟野狐禅",一经拈出,令人爽然。盖刻意求新,不免流于纤仄。然平心而论,亦未可全非。

清谭献《箧中词》:深于梁陈。

清陈廷焯《词则·闲情集》卷三:此词绝雅丽,一时京师盛传,呼之为"王桐花"。

又《白雨斋词话》卷六:一时情艳语,绝无关于词之本原。而当时转以此得名,何其浅也。

清张德瀛《词徵》卷六:王渔洋有句云:"郎似桐花,妾似桐花凤"，世以"王桐花"称之。正如……均属一时韵事。

清谢章铤《赌棋山庄词话》卷八：阮亭沿凤洲、大樽绪论，心摹手追，半在《花间》，虽未尽倚声之变，而敷辞选字，极费推敲。且其平日著作，体骨俱秀，故入词即常语浅语，亦自娓娓动听。其"郎似桐花，妾似桐花凤"之句，最为擅名，然起结少味，殊非完璧。

清李佳《左庵词话》卷上：王渔洋词有云："郎似桐花，妾似桐花凤。"人因呼之为"王桐花"。吴石华云："瘦尽桐花，苦忆桐花凤。"不让渔洋山人专美于前也。

曹贞吉 （1634—1696）字升阶，又字升六，号实庵，山东安丘人。康熙三年（1664）进士，授内阁中书，以诗名动京师，出为徽州同知。后调湖广学政，以疾辞归。有《珂雪词》。

留客住

鹧鸪

瘴云苦[1]。遍五溪、沙明水碧[2]，声声不断，只劝行人休去[3]。行人今古如织，正复何事关卿，频寄语？空祠废驿，便征衫湿尽，马蹄难驻。　　风更雨，一发中原，杳无望处[4]。万里炎荒，遮莫摧残毛羽[5]。记否越王春殿，宫女如花，只今惟剩汝[6]？子规声续，想江深月黑，低头臣甫[7]。

注释

① 瘴云：瘴气，指南方山川湿热蒸郁之气。

② 五溪：《水经注》："武陵有五溪，谓雄溪、横溪、西溪、沅溪、辰溪，悉蛮夷所居。"此处泛指湖南南部及贵州一带，古为流放之所。

③ 只劝行人休去：鹧鸪鸣声如"行不得也哥哥"，故云。

④ "一发"二句:苏轼《澄迈驿通潮阁》诗:"杳杳天低鹘没处,青山一发是中原。"谓从南方北望,中原山脉,宛如发丝。

⑤ 遮莫:莫要。

⑥ "记否"三句:语本李白《越王台》诗:"宫女如花满春殿,只今惟有鹧鸪飞。"

⑦ 低头臣甫:杜甫《杜鹃》诗:"杜鹃暮春至,哀哀叫其间。我见常再拜,重是古帝魂。"

辑评

朱彝尊《珂雪词·咏物词评》:词至南宋始工。其言出,未有不大怪者。惟实庵舍人意与予合。今就咏物诸词观之,心摹手追,乃中仙、叔夏、公谨诸子,兼出入天游、仁近之间。北宋自方回、美成外,慢词有此幽细绵丽否? 若读者仍谓不如北宋,则舍人亟藏之,使后世子云论定可矣。

扫花游

春雪,用宋人韵①

元宵过也,看春色靡芜②,淡烟平楚。湿云万缕③,又轻阴作晕,蜂儿乱舞。一夜梅花,暗落西窗

扫花游（元宵过也）

似雨。飘摇去，试问逐风，归到何处？　　灯事才几许④，记流水钿车⑤，画桥争路。兰房列俎⑥，叹蕣华易擲⑦，鬓丝堆素⑧。拥断关山，知有离人独苦。漫凭伫⑨，听寒城、数声谯鼓⑩。

注释

① 扫花游：《词谱》作《扫地游》。此词用宋人周邦彦韵。

② 蘼芜：本香草名，一名江蓠。此指春色浓郁。

③ 湿云：带雨的云。

④ 灯事：指元宵闹花灯。

⑤ 流水钿车：谓如流水般众多的车马。钿车，装饰华丽的车子。

⑥ 兰房：闺房。

⑦ 蕣华：木槿花。一作舜华。《诗·郑风·有女同车》："有女同车，颜如舜华。"此指女子的青春。

⑧ 堆素：谓白发丛生。

⑨ 漫凭伫：犹漫凝伫。

⑩ 谯鼓：谯楼（城门楼）上的更鼓声。

辑评

清陈廷焯《白雨斋词话》卷三：绵雅幽细，斟酌于美成（周邦彦）、梅溪（史达祖）、碧山（王沂孙）、公谨（周密）而出之者。

顾贞观　（1637—1714）字华峰，号梁汾，江苏无锡人。明末东林党领袖顾宪成曾孙。年二十余游京师，受知于大学士魏裔介，超擢秘书省典籍。康熙十年(1671)，魏被劾去位，顾受牵连，落职南归。明年中举人，官内阁中书。康熙十五年，在大学士纳兰明珠家坐馆，与其子纳兰性德交谊甚厚，八年后还里，读书终老。工词，有《弹指词》。

金缕曲

寄吴汉槎宁古塔，以词代书，丙辰冬寓京师千佛寺，冰雪中作①

季子平安否②？便归来，平生万事，那堪回首！行路悠悠谁慰藉，母老家贫子幼。记不起、从前杯酒。魑魅择人应见惯③，总输他、覆雨翻云手④。冰与雪，周旋久。　　泪痕莫滴牛衣透⑤。数天涯、依然骨肉。几家能够⑥？比似红颜多命薄，更不如、今还有⑦。只绝塞、苦寒难受。廿载包胥承一诺⑧，盼乌头、马角终相救⑨。置此札，兄怀袖。

注释

① 吴兆骞因顺治十四年(1657)丁酉科场案，被流放到宁古塔

(今黑龙江宁安) 二十年, 作者以此词寄之, 并有跋云: "容若 (纳兰性德) 见之, 为泣下数行, 曰: '河梁生别之诗, 山阳死友 之传, 得此而三。此事三千六百日中, 弟当以身任之。不俟 兄再嘱也。'余曰: '人寿几何, 请以五载为期。'恳之太傅(明 珠), 亦蒙见许, 而汉槎果以辛酉入关矣。"辛酉, 康熙二十年 (1681)。吴汉槎: 吴兆骞(1631—1684), 字汉槎, 吴江人, 顺 治十四年举人。丙辰, 康熙十五年(1676)。千佛寺, 在北京。

② 季子: 此指吴兆骞。

③ 魑魅: 鬼怪, 此指奸佞。吴兆骞子振臣为《秋笳集》作跋称其 父"为仇家所中, 遂遣宁古塔"。

④ 覆雨翻云: 指反复无常, 玩弄手腕。

⑤ 牛衣: 以麻或草编结之衣, 供牛御寒之用。《汉书·王章传》: "章疾病, 无被, 卧牛衣中, 与妻决, 涕泣……及为京兆(尹), 欲上封事, 妻又止之曰: '人当知足, 独不念牛衣中涕泣 时耶?'"

⑥ "数天涯"三句: 吴兆骞于顺治十六年流放宁古塔, 越四年, 其 妻葛氏出关相聚, 生一子四女。故以此语慰之。

⑦ "更不如"句: 谓丁酉科场案中, 还有比吴兆骞更惨者。

⑧ 包胥: 申包胥, 春秋时楚大夫, 与伍员友好。伍员为报父兄 仇, 谓包胥曰: "我必覆楚国。"包胥曰: "子能覆之, 我必兴 之。"后员以吴兵入郢, 申包胥哭于秦庭七日夜, 秦终出兵救 楚。此以包胥自喻, 谓必将救吴兆骞入关。

⑨ 乌头、马角:《史记·刺客列传》之《索引》: "燕丹求归, 秦王

曰:乌头白,马生角,乃许耳。"此喻即使不可能,也要设法营救。

辑评

清张德瀛《词徵》卷六:梁汾词,脱然畦封,如陈梦良之秀绰,李通判之雅洁,其盛传者莫如寄吴汉槎宁古塔二章。

清谢章铤《赌棋山庄词话》卷七:顾梁汾短调隽永,长调委宛尽致,得周、柳精处……其寄汉槎宁古塔《贺新凉》(《金缕曲》)云云,浓挚交情,艰难身世,苍茫离思,愈转愈深,一字一泪。吾想汉槎当日,得此词于冰天雪窖间,不知何以为情。后来效此体者极多,然平铺直叙,率觉嚼蜡,由无深情真气为之干,而漫云以词代书也。

清况周颐《蕙风词话》卷五:梁汾营救汉槎事,词家记载綦详。惟梁溪《诗钞》小传注:"兆骞既入关,过纳兰成德所,见斋壁大书'顾梁汾为吴汉槎屈膝处',不禁大恸。"云云。此说它书未载。昔人交谊之重如此。

金缕曲

我亦飘零久。十年来,深恩负尽,死生师友。宿昔齐名非忝窃①，只看杜陵穷瘦。曾不减、夜郎僝僽②。薄命长辞知己别③，问人生、到此凄凉否？千万恨，为兄剖。　　兄生辛未吾丁丑④。共些时、冰霜摧折，早衰蒲柳⑤。词赋从今须少作，留取心魂相守。但愿得、河清人寿⑥。归日急翻行戍稿⑦，把空名、料理传身后。言不尽，观顿首。

注释

① 宿昔齐名：《感旧集》卷十六引顾震沧云："贞观幼有异才，能诗，尤工乐府。少与吴江吴兆骞齐名。"忝窃：自谦之辞。

② "只看"二句：以杜甫自况，而以李白借喻吴兆骞。杜甫《丽人行》："杜陵野老吞声哭。"李白嘲杜甫诗："饭颗山头逢杜甫，头戴笠子日卓午。借问别来太瘦生，总为从前作诗苦。"李白坐永王李璘事，被流放夜郎，中途遇赦。僝僽（chán zhòu），折磨，摆布。

③ "薄命"句：指其妻子已死，作者曾作《金缕曲·悼亡》一首。

④ "兄生"句：吴兆骞生于明崇祯四年辛未（1631），顾贞观生于崇祯十年丁丑（1637）。

⑤ "共些时"二句：谓二人早衰。《世说新语·言语》："顾悦与简文（司马昱）同年而发蚤白。简文曰：'卿何以先白？'对曰：'蒲柳之姿，望秋而落；松柏之质，经霜弥茂。'"本年顾贞观四十岁，兆骞四十六岁。

⑥ 河清:古以黄河水清喻太平之世。

⑦ 行戍稿:谓吴兆骞遣戍宁古塔时所写之稿,后以《秋笳集》为
　　名刊行。

辑评

　　清冯金伯《词苑萃编》卷之八《品藻》:顾梁汾寄吴汉槎宁古
塔以词代书《金缕曲》二阕,激昂悲壮,即置之稼轩集中,亦称
高唱。

　　清陈廷焯《词则·放歌集》卷三:上章寄吴,历叙其家事;此
兼自慨,末仍归到吴,冀其留身后之名,且悲且慰,如此交情,令
人堕泪。二词纯以性情结撰而成。其品最工,结构之巧,犹其
余事。

　　又《白雨斋词话》卷三:华峰《贺新郎》(《金缕曲》)两阕,只如
家常说话,而痛快淋漓,宛转反复,两人心迹,一一如见。虽非正
声,亦千秋绝调也。二词纯以性情结撰而成,悲之深,慰之至,丁
宁告戒,无一字不从肺腑流出,可以泣鬼神矣。

纳兰性德　（1655—1685）原名成德，字容若，满洲正黄旗人，大学士明珠之子。清康熙十五年(1676)应殿试，赐进士出身，选授三等侍卫，寻晋一等，出入扈从，颇受恩宠。与顾贞观、严绳孙、陈维崧、秦松龄等交游。喜读汉籍，尤工于词。与陈维崧、朱彝尊并称清初三大家。有《纳兰词》。

浣溪沙

西郊冯氏园看海棠，因忆香严词有感①

　　谁道飘零不可怜？旧游时节好花天。断肠人去自经年②。　　一片晕红疑著雨③，晚风吹掠鬓云偏。倩魂销尽夕阳前。

注释

① 香严：指清初龚鼎孳。

② 断肠人：指亡妻卢氏，死于康熙十六年(1677)五月三十日。

③ "一片"句：语本宋王雱《倦寻芳》："海棠著雨胭脂透。"

辑评

　　清徐𬭚《词苑丛谈》卷五：盖忆香严词有感作也。王俨斋以为柔情一缕，能令九转肠回，虽"山抹微云君"（秦观）不能道也。

临江仙

寒 柳

　　飞絮飞花何处是？层冰积雪摧残。疏疏一树五更寒①。爱他明月好，憔悴也相关。　　最是繁丝摇落后，转教人忆春山②。湔裙梦断续应难③。西风多少恨，吹不散眉弯。

注释

① 疏疏：稀疏。

② 春山：喻眉黛。李商隐《代赠二首》之二："总把春山扫眉黛，不知供得几多愁。"

③ 湔裙：旧俗正月元旦至月底，士女酹酒洗衣于水边，被除不祥。

辑评

　　清陈廷焯《白雨斋词话》卷六：容若《饮水词》，才力不足。合者得五代人凄婉之意。余最爱其《临江仙·寒柳》云："疏疏一树五更寒。爱他明月好，憔悴也相关。"言中有物，几令人感激涕零。容若词亦以此篇为压卷。

　　又《词则·大雅集》卷五：缠绵沉着，似此真可伯仲小山（晏几道），颉颃永叔（欧阳修）。

蝶恋花

　　萧瑟兰成看老去①，为怕多情，不作怜花句。阁泪倚花愁不语②，暗香飘尽知何处。　　重到旧时明月路。袖口香寒③，心比秋莲苦④。休说生生花里住⑤，惜花人去花无主⑥。

注释

① 兰成：北周诗人庾信，小字兰成。此以自喻。

② 阁泪：含泪。阁，通"搁"。

③ "袖口"句：宋晏几道《西江月》："醉帽檐头风细，征衫袖口香寒。"

④ "心比"句：晏几道《生查子》："遗恨几时休，心抵秋莲苦。"

⑤ 生生：犹一生，或世世。

⑥ "惜花"句：语本辛弃疾《定风波》："毕竟花开谁作主？记取，大都花属惜花人。"

辑评

　　清谭献《箧中词》：势纵语咽，凄淡无聊，延巳（冯延巳）、六一（欧阳修）而后，仅见湘真。

长相思①

　　山一程，水一程，身向榆关那畔行②。夜深千帐灯。　　风一更，雪一更，聒碎乡心梦不成③，故园无此声。

注释

① 作者为康熙侍卫时，曾两度奉使索伦。一为康熙二十一年（1682）三月，一为同年八月至十二月。依词境应作于第二次奉使途中。

② 榆关：即山海关，在今河北秦皇岛东北。

③ 聒碎：嘈杂使人心烦之声。此指风雪声。

辑评

　　王国维《人间词话》："明月照积雪"、"大江流日夜"、"中天悬明月"、"长河落日圆"。此种境界，可谓千古壮观。求之于词，唯纳兰容若塞上之作，如《长相思》之"夜深千帐灯"，《如梦令》之"万帐穹庐人醉，星影摇摇欲坠"，差近之。

厉鹗 （1692—1752）字太鸿，号樊榭、南湖花隐。浙江钱塘（今杭州）人。原籍慈溪。少孤家贫，发愤读书。康熙五十九年（1720）中举。乾隆元年（1736），被荐博学鸿词试，不中。设馆授徒以养母。客居扬州"小玲珑山馆"近三十年，相与结社酬唱，主盟文坛，影响及于大江南北。有《樊榭山房全集》存词八卷。

谒金门

七月既望，湖上雨后作①

凭画槛，雨洗秋浓人淡②。隔水残霞明冉冉③，小山三四点。　　艇子几时同泛？待折荷花临鉴④。日日绿盘疏粉艳⑤，西风无处减。

注释

① 七月既望：七月十六日。湖上：指杭州西湖。

② 人淡：谓人影模糊。

③ 冉冉：渐渐上升。

④ 临鉴：面临湖水。鉴，镜子，此指水平如镜之湖面。

⑤ 绿盘：荷叶。苏轼《六月二十七日望湖楼醉书五绝》之三："乌菱白芡不论钱，乱系青菰裹绿盘。"

清陈廷焯《白雨斋词话》卷四：中有怨情，意味便厚，否则无病呻吟，亦可不必。

玉漏迟

永康病中夜雨感怀①

薄游成小倦。惊风梦雨，意长笺短。病与秋争，叶叶碧梧声颤。湿鼓山城暗数②，更穿入、溪云千片。灯晕剪，似曾认我，茂陵心眼③。　　少年不负吟边，几熨帖光阴④，试香池馆。欢境消磨，尽付砌虫微叹⑤。客子关情药裹，觅何地、烟林疏散？怀正远。胥涛晓喧枫岸⑥。

注释

① 永康：县名，属浙江。

② 湿鼓：暗哑的更鼓声。

③ 茂陵：汉辞赋家司马相如晚年多病，免职居茂陵（汉武帝陵墓，在今陕西兴平县东北），见《史记》本传。唐李商隐《寄令

狐郎中》诗:"休问梁园旧宾客,茂陵风雨病相如。"

④ 熨帛:谓推敲文词。元方回《送刘都事五十韵》:"文词落笔
下,布帛极熨帖。"

⑤ 砌虫:阶砌下的虫子,指蟋蟀。

⑥ 胥涛:指钱塘江大潮。相传春秋时伍子胥为吴王夫差所杀,
抛尸浙江,成涛神。

辑评

清陈廷焯《词则·大雅集》卷五:此词似周草窗(周密),而骚
情雅意,更觉过之。

张惠言　(1761—1802)字皋文,号茗柯,江苏常州人。清嘉庆四年(1799)进士,改庶吉士,官编修。少为词赋,尝拟司马相如、扬雄之文。编有《词选》,标举词乃"意内言外"。有《茗柯词》。

传言玉女

　　多谢东风,吹送故园春色。低晴浅雨,做清明时节。昨夜花影,认得江南新月。一枝枝,漾春魂如雪。　　却问东风,怎都来,共阒寂①?绣屏绮陌,有春人浓觅。闲庭闭门,翻锁一丝愁绝②。梦儿无奈,又随春出。

注释

① 阒寂:寂静。
② 翻:反而。

辑评

　　清陈廷焯《词则·别调集》卷六:奇情幻景,有神光离合之致。
　　又:结笔又变,一往无尽。

传言玉女（多谢东风）

周济 (1781—1839)字保绪,又字介存、止庵。江苏宜兴人。清嘉庆十年(1805)进士,官淮安府学教授。后隐居金陵春水园,潜心著述。论词承张惠言余绪,讲求寄托,为常州派重要词论家,论词主张"非寄托不入,专寄托不出"。有《介存斋论词杂著》、《宋四家词选》,自作则有《味隽斋词》。

渡江云

杨 花

春风真解事,等闲吹遍①,无数短长亭②。一星星是恨,直送春归,替了落花声。凭阑极目,荡春波、万种春情。应笑人、春粮几许,便要数征程③。

冥冥。车轮落日,散绮余霞④,渐都迷幻景,问收向、红窗画箧,可算飘零?相逢只有浮云好,奈蓬莱东指⑤,弱水盈盈⑥。休更惜,秋风吹老莼羹⑦。

注释

① 等闲:无端。

② 短长亭:古代官道边五里一短亭,十里一长亭供行人止憩。

③ 春粮:《庄子·逍遥游》:"适百里者,宿春粮;适千里者,三月聚粮。"此谓杨花飘荡极远,故以春粮计算征程为可笑。

④ 散绮余霞:语本谢朓《晚登三山还望京邑》诗:"余霞散成绮,
澄江静如练。"

⑤ 蓬莱:传说中的海上仙山。

⑥ 弱水:《山海经·大荒西经》:"有大山曰昆仑之丘……其下有
弱水之渊环之。"《注》称其水不胜鸿毛,故称弱水。

⑦ 莼羹:《世说新语·言语》:"张季鹰辟齐王东曹掾,在洛见秋
风起,因思吴中莼菜羹、鲈鱼脍。曰:'人生贵得适意尔,何能
羁宦数千里以要名爵?'遂命驾便归。"此谓杨花不须便归。

辑评

清谭献《箧中词》:怨断之中,豪宕不减。

龚自珍 （1792—1841）字璱人，号定盦，浙江仁和（今杭州）人。嘉庆二十三年（1818）举人，二十五年为内阁中书。道光九年（1829）进士，升宗人府主事，寻改礼部主客司主事、祠祭司行走。困居下僚，颇不得志。道光十九年告归不出。作《己亥杂诗》三百余首。有《定盦词》。

减　兰①

偶检丛纸中，得花瓣一包，纸背细书辛幼安"更能消几番风雨"一阕。乃是京师悯忠寺海棠花，戊辰暮春所戏为也。泫然得句。

人天无据，被侬留得香魂住。如梦如烟，枝上花开又十年。　　十年千里②，风痕雨点斓斑里。莫怪怜他，身世依然是落花。

注释

① 此词似作于清嘉庆二十三年戊寅（1818），寓身世之感。辛幼安"更能消几番风雨"：指辛弃疾《摸鱼儿》词。戊辰：清嘉庆十三年（1808）。

② 十年千里：时作者在上海，距京师极远，故云。

辑评

清谢章铤《赌棋山庄词话续编》卷五：牢落百感，其不自得可慨矣。

吴藻 (1799—1862)，女，字蘋香，自号玉岑子、花帘主人。浙江仁和(今杭州)人。嫁同邑商人黄某，终身不乐。晚年移嘉兴南湖寡居，皈依佛门以终。长于填词，为嘉道间重要女词人。

清平乐

一庭苦雨，送了秋归去。只有诗情无著处[1]，散入碧云红树。　黄昏月冷烟愁，湘帘不下帘钩[2]。入夜梦随风度，忍寒飞上琼楼。

注释

[1] 无著处：没有安排之处。
[2] 湘帘：湘妃竹(斑竹)编成的帘子。

辑评

清张珍怀《飞霞说词》：上片苦雨送秋归，吟心无著，遥望云树，是有所思也。下片月冷夜寒，不下帘钩为使梦魂飞去，寻觅所思。人忍寒，魂亦忍寒，情深一往，无以复加。

蒋春霖 (1818—1868)字鹿潭,江苏江阴人。少能诗,时人以"乳虎"目之。家道中落,咸丰元年(1851),任两淮盐运使东台分司富安场大使。五年后移家东台,居水云楼。咸丰十年,移居泰州。同治七年(1868),偕姬人黄婉君赴衢州,卒于吴江。有《水云楼词》二卷。

鹧鸪天

杨柳东塘细水流,红窗睡起唤晴鸠①。屏间山压眉心翠②,镜里波生鬓角秋。　临玉管,试琼瓯③,醒时题恨醉时休。明朝花落归鸿尽,细雨春寒闭小楼。

注释

① 晴鸠:宋陆佃《埤雅·释鸟》:"鹁鸠灰色无绣颈,阴则屏逐其匹,晴则呼之。"

② "屏间"句:谓屏风上所画之青山比眉峰更绿。

③ "临玉管"二句:指执笔就砚。玉管,毛笔的美称。琼瓯,砚的美称。

辑评

清谭献《箧中词》:字字用意,气体甚高,不易到也。

清陈廷焯《词则·别调集》卷六:造语精炼。

浪淘沙

云气压虚阑，青失遥山①。雨丝风絮一番番。上已清明都过了，只是春寒。　　华发已无端，何况花残。飞来胡蝶已成团②。明日朱楼人睡起，莫卷帘看。

注释

① "云气"二句：谓视线为雾气所遮，看不见远山。虚阑，空旷的栏杆。

② 胡蝶(dié)：即蝴蝶。

辑评

清谭献《箧中词》：郑湛侯为予言：此词本事，盖感兵事之连结，人才之惰窳而作。

庄棫 (1830—1878)字中白,号蒿庵,江苏丹徒人。为陈廷焯姨表叔。年轻时以输饷得部主事,官中书,候补同知,曾入曾国藩幕。后家道中落,校书淮南、江南各官书局。词多感慨,笔主寄托,与谭献齐名,为常州词派中坚。有《蒿庵词》,又名《中白词》。

蝶恋花

百丈游丝牵别院①,行到门前,忽见韦郎面②。欲待回身钗乍颤,近前却喜无人见。 握手匆匆难久恋,还怕人知,但弄团团扇。强得分开心暗战,归时莫把朱颜变。

注释

① 游丝:晴空中昆虫吐出的丝。此喻心思。

② 韦郎:即韦皋,据宋范摅《云溪友议》载,韦皋少时游江夏,止姜氏家,与姜氏侍婢玉箫有情。韦归,一别七年,玉箫遂绝食而死。后再世,为韦皋妾。此指情郎。

辑评

清陈廷焯《白雨斋词话》卷五:心事曲折传出。下半韬光匿采,忧谗畏讥,可为三叹。

凤凰台上忆吹箫

瓜渚烟消[①],芜城月冷[②],何年重与清游?对妆台明镜,欲说还羞。多少东风过了,云缥缈、何处勾留?都非旧,君还记否,吹梦西洲?　　悠悠。芳辰转眼,谁料到而今,尽日楼头。念渡江人远,侬更添忧。天际音书久断,还望断、天际归舟[③]。春回也,怎能教人,忘了闲愁?

注释

① 瓜渚:即瓜洲,在今江苏镇江对岸。

② 芜城:即扬州。

③ 天际归舟:南齐谢朓《之宣城郡出新林浦向板桥》诗:"天际识归舟,云中辨江树。"此处化用柳永《八声甘州》:"想佳人、妆楼颙望,误几回、天际识归舟。"

辑评

清谭献《箧中词》:清空如话,不至轻僄,消息甚微。

清陈廷焯《白雨斋词话》卷五：纯是变化风骚，温、韦几非所屑就，尚何有于姜（夔）史（达祖）？

又《词则·大雅集》卷六：幽绝深绝，纯是风骚变相。

八六子

罨重城①，凄凄风雨都来，伴我孤征。渐湿雾、凄迷不断，薄寒料峭还生②。秋心暗惊③。　　沉沉不放新晴。倚槛慵开鸾镜，临流罢抚银筝。漫忘却、他乡茱萸节近，黄花放后，白衣人远④；但见拍水沙凫野渡，寥天云雁烟汀⑤。黯销凝⑥，匆匆又听橹声。

注释

① 罨(yǎn)重城：覆盖着高城。

② 料峭：风寒刺骨，使人战栗。

③ 秋心："愁"字拆分而成。

④ "漫忘却"三句：谓重阳节前仍滞留他乡。茱萸，旧俗重阳节相约登高，佩戴茱萸，故重阳节又称茱萸节。茱萸，植物名，生于川谷，其味香烈。黄花，菊花。旧俗重阳节登山饮菊花

酒。白衣人，古代未入仕者穿白衣。

⑤寥天：寥廓的天空。

⑥黯销凝：黯然销魂。

辑评

清陈廷焯《白雨斋词话》卷五：此则变化于少游、美成、碧山，而更高出数倍者。

又：此词与碧山（王沂孙）一篇格调近似，而用意各别，与板袭者不同。

谭献 (1832—1901)字仲修,号复堂,浙江仁和(今杭州)人。清同治六年(1867)举人,纳赀捐官,历知歙县、全椒、合肥等县。旋归隐,锐意著述,邃于诗学、经学,为一时物望所归。词学承张惠言、周济常州词派之余绪,为同治、光绪间词坛重要作家和词学评论家。曾选清人词为《箧中词》六卷,自有《复堂词》传世。其论词言论由弟子徐珂辑为《复堂词话》。

青门引

人去阑干静,杨柳晚风初定。芳春此后莫重来,一分春少,减却一分病。　　离亭薄酒终须醒①。落日罗衣冷。绕楼几曲流水,不曾留得桃花影。

注释

① 离亭:古人离别时饯行之地,道旁建有供人歇息的亭子。

辑评

清丁绍仪《听秋声馆词话》卷五:笔情逋峭,小令尤工。

清陈廷焯《白雨斋词话》卷五:此词凄婉而深厚,纯乎骚雅。

又:("芳春"三句)透一层说更深,即"相见争如不见"意。

蝶恋花

　　庭院深深人悄悄①，埋怨鹦哥，错报韦郎到②。压鬓钗梁金凤小，低头只是闲烦恼。　　花发江南年正少。红袖高楼，争抵还乡好③？遮断行人西去道，轻躯愿化车前草。

注释

① "庭院"句：从欧阳修《蝶恋花》"庭院深深深几许"化出。
② 韦郎：韦皋，典出范摅《云溪友议》，此指所恋情郎。见326页注②。
③ "红袖"二句：化用韦庄《菩萨蛮》："骑马倚斜桥，满楼红袖招。"又："未老莫还乡，还乡须断肠。"此反用其意。

辑评

　　清陈廷焯《词则·大雅集》卷六：《蝶恋花》六章，美人香草，寓意甚远。

　　又《白雨斋词话》卷五：(上半阕)传神绝妙，(下半阕)沉痛已极，所谓情到海枯石烂时也。

王鹏运 （1848—1904）字幼霞，号半塘，晚号鹜翁，广西临桂(今桂林)人，原籍绍兴。清同治九年(1870)举人，考进士不中，游于京师。同治十三年，为内阁中书。光绪十年，转内阁侍读学士。十九年授江西道监察御史，寻转礼科给事中。词为晚清四大家之一，与同乡况周颐开桂派先河，继承常州词派余绪，推尊词体。论词重"拙、重、大"，有《半塘定稿》。又辑有《四印斋所刻词》。

三姝媚

次珊读唐人《息夫人不言赋》，有感于"外结舌而内结肠，先箝心而后箝口"之语，赋词索和，聊复继声，亦"盍各"之旨也①。

藦芜春思远，采芳馨愁贻，黛痕深敛②。薄命怜花，倚东风罗袖，泪珠偷泫。暝入西园，容易又、林禽声变。那得相思，付于青蘋，自随蓬转？　惆怅罗衾扪遍。便梦隔欢期，旧恩还恋。芳意回环，认鸳机锦字，断肠缄怨③。缕缕丝丝，拚裛尽、香心残篆④。漫想歌翻璧月，临春夜满⑤。

注释

① 次珊：张仲炘字，湖北江夏(今武汉)人。光绪三年进士，授翰

林院编修,历通政司参议,有《瞻园词》二卷。息夫人:即息妫,春秋时嫁息侯。楚文王灭息,归之,生二子,然终身不与文王言。盍各:《论语·公冶长》有"盍各言尔志"一语,后用为习语,犹言各抒己见。

② "蘼芜"三句:《玉台新咏》卷一《古诗》:"上山采蘼芜,下山逢故夫。长跪问故夫:新人复何如? 新人虽言好,未若故人姝。"蘼芜,香草。愁贻,含愁赠送。黛痕深敛,愁眉紧锁。因息夫人再嫁,故以为喻。

③ "芳意"三句:用织锦回文典,见《晋书·列女传》。鸳机:古代绣具。锦字,指情书。缄怨:将愁怨隐于书信,意即书中充满愁怨内容。缄,封。

④ 香心残篆:即心香残篆。古时有心字香,烧后香烟飘浮如篆文。此用残篆喻心意烦乱。

⑤ "漫想"二句:《陈书·张贵妃传》:"其曲有《玉树后庭花》、《临春乐》等……其略曰:'璧月夜夜满,琼树朝朝新。'"

辑评

　　清叶恭绰《广箧中词》卷二:缠绵往复。

郑文焯 （1856—1918）字俊臣，号小坡，又号叔问、大鹤山人、冷红词客。奉天铁岭（今属辽宁）人。隶正黄旗汉军籍。光绪元年（1875）举人，曾官内阁中书，因七次会试不中，弃官南游，居苏州三十余年，一度为江苏巡抚陈启泰幕宾。辛亥革命后，以遗老自居。工诗词书，为晚清四大词人之一。有词集《樵风乐府》。

谒金门①

归不得，一夜林乌头白②。落月关山何处笛？马嘶还向北③。　　鱼雁沉沉江国④，不忍闻君消息。恨不奋飞生六翼，乱云愁似幂⑤。

注释

① 此词为八国联军侵华时，思念被围京城词友而作。

② 林乌头白：本喻不可能实现之事，此喻愁极。《史记·刺客列传》司马承祯《索隐》："燕丹求归。秦王曰：'乌头白，马生角，乃许尔。'丹乃仰天叹，乌头即白，马亦生角。"

③ "马嘶"句：古诗《行行重行行》："胡马依北风，越鸟巢南枝。"寓思归之意。

④ 鱼雁沉沉：指书信不通。

⑤ 幂（mì）：覆盖貌。

辑评

清赵椿年《书大鹤山人〈谒金门〉词后》：樵风（郑文焯）自戊戌后出都，旋卜筑吴门。庚子秋，彊邨、半塘、伯崇诸君滞留都下，围城中相约填词遣日……后刊为《庚子秋词》一卷，顾无樵风和章。吟读斯词，每阕均有"不忍思君颜色"、"问君踪迹"、"问君消息"之句，沉郁悲凉，如《伊州》之曲，殆即斯时乱中问讯之作。

清叶恭绰《广箧中词》卷二：沉痛。

朱孝臧 （1857—1931）一名祖谋，字古微，号沤尹，又号彊邨，浙江归安人（今湖州）人。清光绪十九年（1893）进士，改庶吉士，授编修，屡擢至侍讲学士、礼部侍郎。出为广东学政，引疾去，卜居苏州。宣统元年（1909），特诏征用，以病辞。辛亥革命后，以遗老自居，盘桓于沪、苏一带。为清季四大词家之一。编有《彊邨丛书》。词集《彊邨语业》。

鹧鸪天

九日，丰宜门外过裴村别业①

野水斜桥又一时，愁心空诉故鸥知②。凄迷南郭垂鞭过，清苦西峰侧帽窥③。　　新雪涕，旧弦诗，惝惝门馆蝶来稀④。红黄白菊浑无恙⑤，只是风前有所思。

注释

① 九日：光绪二十四年（1898）重阳节。丰宜门：北京南面城门。《日下旧闻》：“丰宜门：为金之南门，金时建有拜郊台。”裴村：刘光第字。

② 故鸥知：古人以盟鸥为不相欺之约，即引为知己之意。这里是引刘光第为知己。

③ “清苦”句：姜夔《点绛唇》：“数峰清苦，商略黄昏雨。”西峰，北

做陳喜筆意

鷓鴣天（野水斜橋又一时）

京西山。侧帽，《周书·独孤信传》谓独孤信出猎归来，其帽微侧，吏民皆效为侧帽。

④ 恬恬：清闲安静。蝶来稀：喻光第死难后，来客稀少。

⑤ 红萸：即茱萸。旧俗重阳节"折茱萸以插头，言辟恶气，而御初寒"，见周处《风土记》。

辑评

龙榆生《词学季刊》第一卷第三号：此为刘光第被祸后作。刘为六君子之一，死戊戌之变。

况周颐 （1859—1926）原名周仪,五十岁后因避宣统帝溥仪讳,改名周颐,字夔笙,号蕙风,别号玉梅词人,广西临桂(今桂林)人。原籍湖南宝庆(今邵阳)。清光绪五年(1879)举人,十四年,官内阁中书。曾在武进龙城书院、南京师范学堂讲学。不久两江总督张之洞、端方先后延之入幕。辛亥革命后居上海,以卖文为生。词为清季四大家之一。有《蕙风词》一卷,刊于所著《蕙风词话》后。

苏武慢

寒夜闻角

愁入云遥，寒禁霜重，红烛泪深人倦①。情高转抑，思往难回，凄咽不成清变②。风际断时，迢递天街，但闻更点③。枉教人回首，少年丝竹，玉容歌管④。　　凭作出，百绪凄凉，凄凉惟有，花冷月闲庭院。珠帘绣幕，可有人听？听也可曾肠断⑤？除却塞鸿，遮莫城乌，替人惊惯⑥。料南枝明日，应减红香一半⑦。

注释

① “红烛”句：语本唐杜牧《赠别》诗：“蜡烛有心还惜别，替人垂

泪到天明。"

② 清变：音乐七音中有变宫、变徵，声情清越，故称。此谓角声哀怨凄咽。

③ 但闻更点：指报更报点，即以号角或钟鼓报时。

④ 玉容歌管：美女唱歌和吹奏乐器。

⑤ "珠帘"三句：宋李清照《永遇乐》："不如向、帘儿底下，听人笑语。"此翻进用之，见凄苦之意。

⑥ "除却"三句：唐温庭筠《更漏子》："惊塞雁，起城乌。"塞鸿：边塞上的征雁；城乌：宿于城上的乌鸦。遮莫：犹不论、不问。

⑦ "料南枝"二句：谓角声吹落梅花一半。相传庾岭之梅，南枝先开，北枝后开。红香：指梅之色与味。此处暗切《梅花落》曲名。

辑评

清况周颐《蕙风词话》卷二：余少作《苏武慢·寒夜闻角》云："凭作出……听也可曾肠断？"半塘翁（王鹏运）最为击节。比阅方壶词《点绛唇》云："晓角霜天，画帘却是春天气。"意与余词略同，余词特婉至耳。

清叶恭绰《广箧中词》：（"珠帘"三句）乃蒹翁所最得意之笔。

王国维《人间词话》：境似清真（周邦彦），集中他作不能过之。

西子妆

　　蛾蕊鞏深①，翠茵蹴浅②，暗省韶光迟暮。断无情种不能痴，替消魂、乱红多处③。飘零信苦！只逐水、沾泥太误。送春归，费粉娥心眼，低徊香土④。

　　娇随步。着意怜花，又怕花欲妒。莫辞身化作微云，傍落英、已歌犹驻⑤。哀筝似诉。最肠断、红楼前度。恋寒枝，昨梦惊残怨宇⑥。

注释

① 蛾蕊鞏深：谓花蕊萎缩，像皱着的蛾眉。

② 翠茵蹴浅：谓如茵的绿草被践踏得很短。

③ 乱红：纷飞的落花。

④ 低徊香土：谓落花变作尘土，轻轻飞飏。

⑤ 已歌犹驻：已歌还停。

⑥ 怨宇：哀怨的杜鹃啼声。杜鹃又称杜宇。

辑评

　　清叶恭绰《广箧中词》卷二：怨断凄凉，意内言外。

梁启超 (1873—1929)字卓如,号任公,别署饮冰室主人。广东新会人。光绪十五年(1889)举人,康有为弟子,参与光绪二十一年三月"公车上书",后任强学会书记、上海《时务报》主笔,鼓吹维新变法,为戊戌变法中坚人物,失败后流亡日本。民国二年(1913),出任北洋政府熊希龄内阁司法总长;三年,任币制局总裁;四年,撰文斥筹安会,反对帝制,并与弟子蔡锷发动倒袁护国运动。六年,讨张勋复辟,任段祺瑞内阁财政总长。其年冬辞职,漫游欧陆。八年,被聘为清华国学研究院导师。著作宏富,有《饮冰室全集》,收词六十六首。

金缕曲

丁未五月归国,旋复东渡,却寄沪上诸子[①]

瀚海飘流燕[②]。乍归来、依依难认,旧家庭院。惟有年时芳俦在[③],一例差池双剪[④]。相对向、斜阳凄怨。欲诉奇愁无可诉,算兴亡、已惯司空见[⑤]。忍抛得,泪如线。　　故巢似与人留恋[⑥]。最多情,欲粘还坠,落泥片片。我自殷勤衔来补,珍重断红犹软[⑦]。又生恐、重帘不卷[⑧]。十二曲阑春寂寂[⑨],隔蓬山、何处窥人面[⑩]?休更问,恨深浅!

注释

① 丁未:光绪三十三年(1907)。梁启超于戊戌变法(1898)失败后亡命日本。越九年(丁未)归国,国事日非,次年复东渡,未几光绪帝死。

② 瀚海:大海。此句语本宋周邦彦《满庭芳》:"年年,如社燕。飘流瀚海,来寄修椽。"

③ 年时芳俦:从前的伴侣,即小序中"沪上诸君子"。

④ 差(cī)池双剪:《诗·邶风·燕燕》:"燕燕于飞,差池其羽。"差池,参差不齐。双剪,燕尾如剪,故云。此用史达祖《双双燕》(咏燕)"差池欲往,试入旧巢相并"词意,谓旧日好友相聚。

⑤ "已惯"句:即屡见不鲜。

⑥ 故巢:隐喻故国。

⑦ 断红犹软:谓带泥的落花尚软,难以补巢。

⑧ 重帘不卷:隐喻清廷不肯接纳。宋陈尧佐《踏莎行·咏燕》:"为谁归去为谁来,主人恩重珠帘卷。"

⑨ 十二曲阑:形容栏杆弯曲之多。

⑩ 蓬山:蓬莱山,相传为海中三神山之一。此指日本。

辑评

清叶恭绰《广箧中词》卷二:深心托豪素。

王国维 （1877—1927）字静安，号观堂，浙江海宁人。清诸生。光绪二十四年（1898）到上海，入《时务报》馆。三年后赴日留学。光绪二十八年归国，任上海南洋公学执事，研究西方哲学。三十三年入京，专研词学理论与戏曲史。辛亥革命后，以遗老自居。民国十二年，应召任清故宫南书房行走；十四年，被聘为清华国学研究院教授。十六年，自沉于颐和园昆明湖。著作宏富，有《观堂集林》、《人间词》、《观堂长短句》及《人间词话》等多种。

蝶恋花

百尺朱楼临大道。楼外轻雷，不间昏和晓①。独倚阑干人窈窕②，闲中数尽行人小。　　一霎车尘生树杪③。陌上楼头④，都向尘中老。薄晚西风吹雨到，明朝又是伤流潦⑤。

注释

① "楼外"二句：写高楼外车声日夜不绝。汉司马相如《长门怨》："雷殷殷而响起兮，声象君之车音。"

② 窈窕：姿态美好貌。

③ "一霎"句：谓汽车开过扬起的灰尘直到树梢，中寓面对繁华的怅惘之情。

④ 陌上楼头:隐喻才子佳人。宋贺铸有《陌上郎》:"挥金陌上郎,化石山头妇。"

⑤ 流潦:大雨后漫溢于道路的流水。

辑评

樊志厚《观堂长短句序》:往复幽咽,动摇人心。